„Die schönsten deutschen Volkslieder“ sind eine authentische Sammlung von Volksweisen, die im 19. oder 18. Jahrhundert noch wirklich „vom Volke“ gesungen wurden. Die meisten Lieder hat der Bibliothekar und Schriftsteller Georg Scherer (1828–1909) in den verschiedenen deutschen Landschaften selbst oder durch Freunde aufgezeichnet. Dabei hat er seine Fassung der Lieder mit den seit Herder erschienenen Sammlungen verglichen und gelegentlich ergänzt.

Die vorliegende Taschenbuchausgabe ist ein Nachdruck der „Illustrirten Pracht-Ausgabe“ von 1875. Mit Quellenangaben zu jedem Lied und zahlreichen Illustrationen von Ludwig Richter, Moritz von Schwind, Paul Thumann und anderen bekannten Künstlern. Originalformat 20×26,5 cm. – Nachwort von Rolf Wilhelm Brednich.

DEUTSCHE
VOLKSLIEDER

Die schönsten Deutschen Volkslieder.

Gesammelt und herausgegeben
von
Georg Scherer.

Illustrirte Pracht-Ausgabe.

Mit Holzschnitten nach Original-Zeichnungen
von
Jacob Grünenwald, Andreas Müller, Carl v. Piloty, Arthur v. Ramberg,
Ludwig Richter, Moritz v. Schwind, Al. Strähuber u. Paul Thumann.

Leipzig, 1875.
Verlag von Alphons Dürr.

Die bibliophilen Taschenbücher

Gesamtherstellung: Karl Hitzegrad, Dortmund
Printed in Germany

Vorwort.

Das vorliegende Werk bietet eine strenge Auswahl der schönsten deutschen Volkslieder in den erreichbar besten Lesarten. Es enthält nur echte Volkslieder, d. h. solche, die aus dem Volke selbst hervorgegangen, aus dem Nationalgemüth herausgesungen sind und diesen Ursprung durch Inhalt und Form beurkunden. Lieder dagegen aus der Sphäre der bewußten Bildung, welche dem Volkstone gut nachgefühlt und deshalb auch in den Volksmund übergegangen sind (volksthümliche oder Lieblings-Lieder), bleiben hier ausgeschlossen.

Die Sammlung beschränkt sich ferner wesentlich auf die jüngere Form des Volksliedes, wie es noch jetzt vom Volke gesungen wird oder doch in den letzten 150 Jahren noch gesungen wurde; sie bildet also gewissermaßen eine Ergänzung der Uhland'schen Sammlung, die hauptsächlich aus Handschriften und Drucken vom 15. bis in's 17. Jahrh. geschöpft ist.

‚Es ist nicht bloße Redeform,' sagt Uhland, ‚daß die Völker dichten. Der Drang, der dem einzelnen Menschen inwohnt, ein geistiges Bild seines Wesens und Lebens zu erzeugen, ist auch in ganzen Völkern, als solchen, schöpferisch wirksam. Eben in diesem gemeinsamen Hervorbringen haftet der Begriff der Volkspoesie, und aus ihrem Ursprung ergeben sich ihre Eigenschaften.' Wol kann auch sie nur mittelst Einzelner sich äußern; aber die einzelne Persönlichkeit tritt nicht hervor, Niemand fragt nach ihr, sie singt im

Namen Aller, sie ist nur „der Mund der Sage". Volk ist hier noch die ganze Nation; es besteht noch kein merklicher Unterschied der Bildung und des poetischen Urtheils. Auf der Bildungsstufe, auf welcher das Volkslied entsteht und allein entstehen k a n n , isolirt sich das dichtende Subjekt nicht vom gesammten Volke; beide leben ein vergleichungsweise unbewußtes Leben; selbst ihre Bildung ist — der bewußten, reflektirenden Bildung späterer Tage gegenüber — noch Natur, Zustand der Naivetät. Es ist das dämmernde Traumleben der Volksseele selbst, aus der das Volkslied auftaucht: der Dichter lebt im Ganzen und schöpft aus dem Ganzen. Das allmähliche Wachsthum dieser Poesie in mündlicher Ueberlieferung läßt den Antheil des Einzelnen an ihr nicht unterscheiden, und sie erscheint als Erzeugniß des gemeinsamen Volksgeistes. Das Volk ist also eigentlich das dichtende Gesammtsubjekt, und wir haben hier eine kunstlose Kunst, eine Kunst v o r aller Kunst.

Wie unsere Sagen und Märchen, Kinderreime und Volksräthsel, Sprichwörter und Segensprüche, reichen auch die meisten unserer Volkslieder in eine viel frühere Zeit hinauf, als man auf den ersten Blick glauben möchte. Das alte Epos ist aus einzelnen Volksliedern entstanden und auch der Minnegesang gieng vom Volksliede aus. Erst nachdem die höfische Poesie sich ausgelebt und auch das alte Epos seinen Untergang gefunden hatte, schoß das Volkslied in immer reicheren Trieben hervor und beherrschte im 15. und 16. Jahrh. die ganze Lyrik ausschließlich. Während der zünftige Meistergesang sich hinter die Thore der

Reichsstädte verschloß, schwärmte der Volksgesang auf allen Straßen und Feldern Deutschlands umher. Der frische Hauch eines sich neu verjüngenden Lebens durchdrang alle Stände; die ganze Volkspoesie hat deshalb einen gleichartigen, Allen verständlichen Charakter. Aber in der reichen Fülle des gegenwärtigen Lebens stehend, vermochte sie auch die einfachsten Motive hundertfach zu variiren, ohne ermüdend oder langweilig zu werden; daher die bunteste Mannigfaltigkeit bei dem größten Reichthum.[1])

Da sind zuerst die Reste und Nachklänge des alten Epos, jene düsteren, zuweilen selbst finsteren Balladen, voll erhabenen Schwunges und dramatischen Lebens, stimmungs- und ahnungsvoll, nicht selten geisterhaft, ja dämonisch wirkend: die lyrische Behandlung des epischen Stoffes steigert sich meist zu dramatischem Ausdruck. Da ist ferner der blühende Frühling von Liebesliedern, jene alten, ewig jungen Lieder von der Treue und Untreue, vom Scheiden und Meiden, vom Wandern und Wiedersehn und vom Nimmerwiedersehn. Diese wehmüthigen, rührenden, tief empfundenen Lieder schöpfen ein ganzes Herz bis zum Grund aus, und ein einziges derselben wiegt oft ganze Bände künstlicher Poesie voll erlogener und nachgeahmter Empfindung auf. Dann das historische Volkslied, welches ein selbstdurchlebtes geschichtliches Ereigniß lebendig schildert, und endlich das geistliche Volkslied, das von der Kirche nicht in ihren unmittelbaren Dienst

[1]) Müllenhoff, Sagen etc. aus Schleswig-Holstein, XXVI.

gezogen wurde und nun wie ein Waldbruder im Freien lebt.

Obwohl das Volkslied die Natur lebendig erfaßt und oft so kühn in die menschliche Welt hereinzieht, so ist es ihm doch vor Allem um die Exposition des Innerlichen zu thun. Die Empfindung ist von ihrem Gegenstande ganz erfüllt, heftig oder tief davon bewegt; sie springt wie ein elektrischer Funke von Satz zu Satz, von Strophe zu Strophe über, der, wo er hinschlägt, erschüttert und zündet. Die äußere Form ist daher voll scheinbarer Lücken und Sprünge, und doch besteht der schönste innere Zusammenhang. Dieser „kühne Sprung und Wurf" ist das Charakteristische des Volksliedes; dieses „leidenschaftliche Stammeln" ist das echte Merkmal aller wahren Lyrik. Jener Lückenhaftigkeit der Composition entspricht hinsichtlich der metrischen Form die freie Herrschaft des Accents über die Silbenzahl: das Volkslied zählt nur die Hebungen der Verse, läßt Senkungen fehlen oder füllt sie gar mit mehreren Silben; und der Reim ist oft nur Assonanz. Es legt so gar keinen Werth auf die äußere Form, aber allen Werth auf den inneren Ton der Empfindung. Daher tritt an diesen Liedern besonders ein musikalischer Charakter der Form hervor: Refrains, Alliterationen, innere Reime, Wiederholung desselben Satzes unmittelbar hinter einander etc. So gibt das Wort fast von selbst die Melodie, welche, als die Seele des Liedes, auch immer in der innigsten Harmonie mit dem Texte steht und dessen Lücken und Sprünge deckt und ausgleicht. Diese Uebereinstimmung zwischen Form und Inhalt, die glückliche Mischung von individueller Wahrheit und ideeller Allgemeinheit, sowie die Anschaulichkeit, Kraft und Lebendigkeit der Darstellung erklären nicht nur die langanhaltende Dauer und die stete Fortpflanzung des Volksliedes durch alle Verderbnisse des Zeitgeschmacks hindurch, sondern auch den hohen Werth, den man immer darauf gelegt hat.

Wir haben verhältnißmäßig nur noch wenige Volkslieder im Dialekt; die hochdeutsche Schriftsprache hat allmählig die landschaftlichen Mundarten zurückgedrängt. ‚Wie das Volk in seinen Liedern überall durch eine edlere und höhere Gefühls- und Anschauungsweise sich aus der gemeinen Wirklichkeit zu erheben trachtet, lieber in einer weitentrückten Vergangenheit als in seinen dermaligen Zuständen verweilt, lieber mit Königen, Markgrafen und Rittern als mit seines Gleichen verkehrt; seiner wollenen Röcke und kattunenen Jacken nicht gedenkt, sondern Alles in Sammet und Seide kleidet und mit Gold und Perlen schmückt, ja sogar die alltäglichen Genüsse: Brot und Kartoffeln, Wasser und Bier in Weißbrot, Wildbret und Fische und kühlen Wein verwandelt, so sucht es auch in eben diesen Liedern sich seiner gemeinen Sprache zu entäußern; das Volk singt überall in Deutschland mit wenigen Ausnahmen hochdeutsch.‘[1]) Lieder in schweizerischer und sonst alemannischer Mundart haben das mittelhochdeutsche Gepräge länger bewahrt. In's Niederdeutsche sind unzählige Volkslieder übersetzt; nicht sehr viele, darunter

[1]) Hoffmann u. Richter, schlesische Volkslieder, IV.

aber einzelne von ganz eigenthümlichem Werthe, ursprünglich geschaffen worden.

Das echte Volkslied, voll frischer, gesunder Sinnlichkeit und absichtsloser Naturwahrheit, ist keusch, ohne Ziererei, und niemals gemein und platt; es kann eben so wenig wie jede andere Poesie ohne Idealität bestehen. Wie aber der Minnegesang vorzugsweise eine Frauenpoesie war, so ist die Volkslyrik hauptsächlich eine männliche Dichtung, in welcher sich zum Theil noch das wildbewegte, wanderlustige Leben des 15. und 16. Jahrhunderts abspiegelt. Manche dieser Lieder sind daher derb und keck; roh und gemein ist jedoch kaum eines, frivol sicherlich keines. Das Volk trägt eben keine Glacéhandschuhe, nennt die Dinge bei'm rechten Namen und schreckt gelegentlich auch vor einer Derbheit nicht zurück; gleichwol hat es in seinem gesunden Sinn einen festeren religiösen und sittlichen Kern als mancher pomadisirte Barbar in Lackstiefeln, der durch die Lorgnette hochmüthig auf dasselbe herabsieht. Eine mit freiem Sinn veranstaltete Volksliedersammlung ist weder eine moralische, noch eine ästhetische Mustersammlung; sie ist ein Beitrag zur Geschichte des deutschen Volkslebens.

Die meisten der hier mitgetheilten Lieder hat der Herausgeber seit einer Reihe von Jahren aus dem Munde des Volks in den verschiedensten Gegenden theils selbst aufgezeichnet, theils haben ihn Freunde bei dieser Arbeit unterstützt. Das auf solchem Wege gewonnene reiche Material wurde mit den seit Herder erschienenen Sammlungen, fliegenden Blättern etc. sorgfältig verglichen und ergänzt und so aus einer Fülle von Lesarten die möglichst beste Fassung herzustellen versucht, wie etwa der Gelehrte aus verschiedenen, zum Theil abweichenden, mehr oder minder vollständigen Handschriften den ursprünglichen Text herzustellen bemüht ist. Die Textkritik ist mit größter Pietät und gewissenhaftester Treue geübt worden; ihr Zweck konnte nur der sein, die Lieder auf ihren echtesten Bestand zurückzuführen. Beträchtlich verschiedene Fassungen eines und desselben Liedes wurden nach Uhland's Vorgang (unter A. B.) vollständig neben einander gegeben, da die Vergleichung interessant und belehrend ist. Was die Anordnung der Lieder betrifft, so enthält das erste Buch Balladen und Verwandtes, das zweite ausschließlich Liebeslieder, das dritte Jäger- und Soldatenlieder, Lieder vermischten Inhalts und geistliche Volkslieder. Die Anmerkungen enthalten Nachweise über die benützten Quellen, sowie über Alter, Heimat resp. Fundorte und damit zugleich über die Verbreitung der Lieder; sie geben auch die Mittel an die Hand, vorliegende Arbeit zu prüfen.

Die Illustrationen sprechen für sich selbst. Es sind größtentheils Kunstwerke unserer ersten Meister, und sie gereichen dem Buche zur höchsten Zierde.

Im deutschen Volksliede sprudelt ein unversiegbarer Quell echtester Poesie. ‚Dergleichen Gedichte,' sagt Goethe, ‚sind so wahre Poesie, als sie irgend nur sein kann; sie haben einen unglaublichen Reiz, selbst für uns, die wir auf einer höheren Stufe der Bildung stehen, wie der Anblick und die Erinnerung der Jugend für's Alter hat'. Waldfrische ist der Charakter dieser Lieder; sie sprechen neben dem Kunstliede der gelehrten Dichter einen gesunden Sinn noch ebenso an, wie Feld- und Waldblumen das Auge des Naturfreundes erquicken; selbst wenn sich ihm in seinem Garten die auserlesensten Zierpflanzen darbieten. Es ist die Schönheit der Unschuld, die „nicht sich selbst und ihren heil'gen Werth erkennt". Diese Lieder gehören zu den holdseligsten Blüten des deutschen Geistes; in ihnen fühlt man den vollen Herzschlag unseres Volkes und lernt dasselbe von der liebenswürdigsten Seite kennen. Nirgends spricht sich das bessere Selbst eines Volkes in ganzer Eigenthümlichkeit mit so scharfem Gepräge aus, als eben in der lyrischen Poesie, die, wie Pulsschlag und Athemzug, Zeichen und Maß des innersten Lebens ist. Während die großen epischen Ströme (Nibelungen, Gudrun) den Charakter eines ganzen weitumgreifenden Flußgebietes in Zeit und Geschichte spiegeln, sind diese lyrischen Ergüsse die Brunnen und Quellen, die mit ihrem Adernnetz das ganze Land durchtränken und das Geheimniß seines innersten Lebens zu Tage bringen. Das Volkslied ist daher eine ergiebige Quelle für die Kulturgeschichte unseres Volkes; zugleich ist es aber durch die Frische seiner Unmittelbarkeit eine Verjüngungsquelle für die Kunst einer ausgetrockneten Bildung. Mehr als einmal hat die Kunstpoesie, wenn es in ihren Brunnen fehlte, aus dem reichen Born des Volksliedes geschöpft und ihre eigenen trüben Weisen in seiner kristallenen Flut geklärt. „Kein Moment der Einwirkung des Volksliedes auf die Kunstdichtung war jedoch so bedeutend als der, da Percy's Sammlung in England, stärker und früher noch entscheidend in Deutschland zündete, die Göttinger Schule zu den ersten frischeren Lauten geweckt wurde, Bürger die erste wahre Ballade dichtete, Herder die „Stimmen der Völker" sammelte und Goethe's Genius sich zu diesem frischen Borne beugte, um zu trinken. Und wo wären Uhland, Wilh. Müller, Eichendorff und die ganze Gruppe der Lyriker, in welchen die romantische Schule ihre gesundesten Sprossen trieb, wo wäre Heine geblieben, wenn sie nicht alle aus diesem frischen Felsquell getrunken hätten? Was aber vom Dichter, das gilt auch vom Publikum: als letzte Arznei gegen Verkünstelung und Blasirtheit des poetischen Geschmacks wird immer auf's neue die ungeschminkte Einfalt des Volkslieds ihm zu rathen sein' (Vischer). Das Volkslied ist selbst der Jungbrunnen, von dem es singt:

Und wer des Brünnleins trinket,
Der jungt und wird nit alt.

Dem zur Einheit, Macht und Größe erstandenen deutschen Volke diesen verjüngenden Quell zugänglich zu machen und ihm so den Reichthum seines ureigensten Wesens zu erschließen, das ist der Zweck des vorliegenden Werkes. Möchten Goethe's goldene Worte über „des Knaben Wunderhorn" auch von ihm gesagt werden können:

,Von Rechts wegen sollte dieses Büchlein in jedem Hause, wo frische Menschen wohnen, am Fenster, unter'm Spiegel, oder wo sonst Gesang- oder Kochbücher zu liegen pflegen, zu finden sein, um aufgeschlagen zu werden in jedem Augenblick der Stimmung oder Unstimmung, wo man denn immer etwas Gleichtönendes oder Anregendes fände, wenn man auch allenfalls das Blatt ein paarmal umschlagen müßte.

‚Am besten aber läge doch dieser Band auf dem Klavier des Liebhabers oder Meisters der Tonkunst, um den darin enthaltenen Liedern entweder mit bekannten hergebrachten Melodien ganz ihr Recht widerfahren zu lassen, oder ihnen schickliche Weisen anzuschmiegen, oder wenn Gott wollte, neue bedeutende Melodien durch sie hervorzulocken.

‚Würden dann diese Lieder nach und nach in ihrem eigenen Ton- und Klang-Elemente von Ohr zu Ohr, von Mund zu Mund getragen, kehrten sie allmählig, belebt und verherrlicht, zum Volke zurück, von dem sie zum Theil gewissermaßen ausgegangen, so könnte man sagen, das Büchlein habe seine Bestimmung erfüllt, und könne nun wieder, als geschrieben und gedruckt, verloren gehen, weil es in Leben und Bildung der Nation übergegangen.'

Stuttgart, im Oktober 1874.

Georg Scherer.

Erstes Buch.

Die Nonne.

Ich stund auf hohen Bergen
Und sah in's tiefe Thal,
Ein Schifflein sah ich schweben,
Darin drei Grafen war'n.

Der jüngste von den Grafen,
Der in dem Schifflein saß,
Gab mir einmal zu trinken
Den Wein aus seinem Glas.

Was zog er von dem Finger?
Ein goldnes Ringelein:
‚Nimm hin, du Hübsch' und Feine,
Das soll mein Denkmal sein!'

„Was soll ich mit dem Ringe?
Bin gar ein junges Blut,
Dazu ein armes Mädchen,
Hab' weder Geld noch Gut."

‚Bist du ein armes Mädchen,
Hast weder Geld noch Gut,
So denk' an uns're Liebe,
Die zwischen uns beiden ruht!'

„Ich weiß von keiner Liebe,
Denk' auch an keinen Mann;
In's Kloster will ich gehen
Und werden eine Nonn'."

‚Willst du in's Kloster gehen
Und werden eine Nonn',
So will ich die Welt durchreiten,
Bis daß ich zu dir komm'.' —

Es stund wol an ein Vierteljahr,
Dem Grafen träumt's gar schwer,
Als ob sein herzallerliebster Schatz
In's Kloster gangen wär'.

Der Herr sprach zu dem Knechte:
‚Sattl' unser beider Pferd'!
Wir wollen reiten Berg und Thal,
Der Weg ist reitenswerth.'

Und als er kam vor's Kloster,
Gar leise klopft' er an:
‚Wo ist die jüngste Nonne,
Die zuletzt ist kommen an?'

„‚Es ist ja keine kommen,
Es kommt auch keine heraus.'"
‚So will ich das Kloster anzünden,
Das schöne Gotteshaus.'

Da kam sie hergeschritten,
Schneeweiß war sie gekleid't,
Ihr Haar war abgeschnitten,
Zur Nonn' war sie bereit.

Sie hieß den Herrn willkommen,
Willkommen im fremden Land:
„Wer hat euch heißen kommen?
Wer hat euch Boten gesandt?"

Der Graf wandt' sich voll Sehnen,
Die Red' ihn sehr verdroß,
Daß ihm die heiße Thräne
Von seinen Wangen floß.

Was hat sie in den Händen?
Von Gold ein Becherlein;
Er hatt' kaum ausgetrunken,
Sprang ihm sein Herz entzwei.

Mit ihren schneeweißen Händen
Grub sie dem Grafen ein Grab,
Aus ihren schwarzbraunen Augen
Sie ihm das Weihwasser gab.

Mit ihren zarten Händen
Zog sie den Glockenstrang,
Mit ihrem rothen Munde
Sang sie den Grabgesang.

„Da liege nun und ruhe
Bis an den jüngsten Tag!
Und ich will um dich trauern,
So lang ich's Leben hab'.

„Ein Kirchlein will ich bauen
Auf meines Liebsten Grab,
Darin will ich verbleiben,
Bis Gott mich rufet ab."

Liebesprobe.

Es stund eine Lind' im tiefen Thal,
War oben breit und unten schmal;
Darunter zwei Verliebte saßen,
Und die vor Lieb' ihr Leid vergaßen.

'Feinslieb, wir müßen von einander,
Ich muß noch sieben Jahr wandern.'
„Mußt du noch sieben Jahr wandern,
Heirat' ich doch kein' Andern."

Und als die sieben Jahr um war'n,
Sie meint', ihr Liebchen käme bald;
Sie gieng wol in den Garten,
Ihr Feinslieb zu erwarten.

Sie gieng wol unter die Linden,
Ob s' ihr Feinslieb möcht finden;
Sie gieng wol in das grüne Holz,
Da kam ein Reiter geritten stolz.

‚Gott grüß dich, du Hübsch' und Feine!
Was machst du hier alleine?
Ist dir dein Vater und Mutter gram,
Oder hast du heimlich einen Mann?'

„Mein Vater und Mutter ist mir nicht gram,
Ich hab' auch heimlich keinen Mann;
Heut sind's drei Wochen über sieben Jahr,
Daß mein Feinslieb gewandert war."

‚Gestern bin ich geritten durch eine Stadt,
Da hat dein Feinslieb Hochzeit gehabt.
Was thust du ihm denn wünschen an,
Daß er seine Treu nicht gehalten hat?'

„Ich wünsch' ihm all das Beste,
So viel der Baum hat Aeste;
Ich wünsch' ihm so viel gute Zeit,
So viel als Stern am Himmel sein.

„Ich wünsch' ihm so viel Ehre,
So viel als Sand am Meere;
Ich wünsch' ihm so viel Glück und Segen,
Als Tröpflein von dem Himmel regnen."

Was zog er von dem Finger sein?
Einen Ring von rothem Golde fein;
Er warf den Ring in ihren Schooß,
Sie weinte, daß das Ringlein floß.

Was zog er aus seiner Taschen?
Ein Tuch, schneeweiß gewaschen:
‚Trockn' ab, trockn' ab deine Aeugelein,
Du sollst fürwahr mein eigen sein!

‚Ich thät dich ja nur versuchen,
Ob du würd'st schwören oder fluchen;
Hätt'st du einen Fluch oder Schwur gethan,
Von Stund an wär' ich geritten davon.'

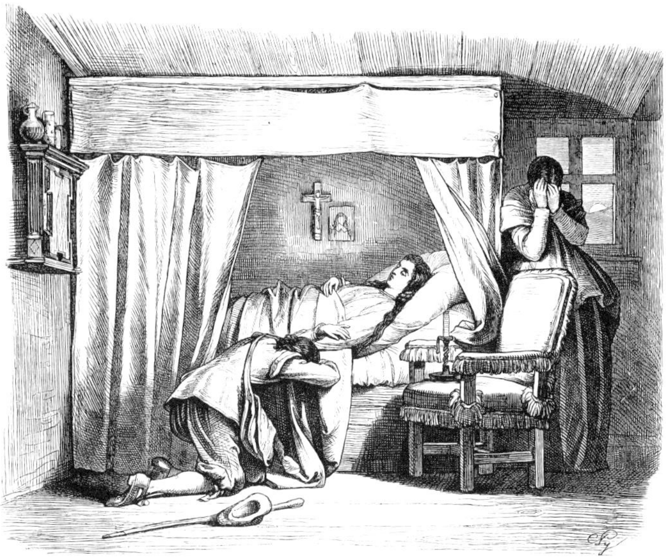

Der treue Knabe.

Es war einmal ein feiner Knab',
Der liebt' sein Schätzlein sieben Jahr,
Ja sieben Jahr und noch viel mehr,
Die Lieb' die nahm kein Ende mehr.

Der Knab' der fuhr in's Niederland,
Derweil ward ihm sein Herzlieb krank,
Sie ward so krank bis auf den Tod,
Drei Tag, drei Nacht sprach sie kein Wort.

Und als der Knab die Botschaft kriegt,
Daß sein Herzlieb am Sterben liegt,
Verließ er gleich sein Hab und Gut,
Wollt' sehn, was sein Herzliebchen thut.

‚Guten Tag, guten Tag, Herzliebste mein!
Was machst du hier im Bettelein?'
„Hab Dank, hab Dank, mein feiner Knab!
Mit mir wird's heißen bald in's Grab!"

‚Ach nein, ach nein, nicht so geschwind,
Dieweil wir zwei Verliebte sind;
Ach nein, ach nein, Herzliebste mein,
Die Lieb' und Treu muß länger sein.'

Er nahm sie gleich in seinen Arm,
Da war sie kalt und nicht mehr warm:
„Geschwind, Frau Mutter, bringt mir ein Licht,
Sonst stirbt mein Schatz, daß Niemand sicht!"

Er rief und schrie aus heller Stimm':
„Ach Gott, laß mir mein Engelskind!"
Er rief und schrie aus heller Stimm':
„Nun ist mein' Freud' und alles hin!"

Und als das Mägdlein gestorben war,
Da legt' er's auf die Todtenbahr:
‚Wo krieg' ich nun sechs junge Knaben,
Die mein Herzlieb zu Grabe tragen?'

„Sechs junge Knaben sind schon bereit,
In Sammt und Seide sind sie gekleid't."
Sie trugen's hinaus und nimmer herein,
Sie trugen's zu dem Kirchhof ein.

Er ließ sich machen ein schwarzes Kleid,
Darunter trug er groß Herzeleid
Wol sieben Jahr und noch viel mehr,
Sein Trauern nahm kein Ende mehr.

Die Königskinder.

Es waren zwei Königskinder,
Die hatten einander so lieb;
Sie konnten zusammen nicht kommen,
Das Wasser war viel zu tief.

‚Ach Liebster, könntest du schwimmen,
So schwimm doch herüber zu mir!
Drei Kerzen will ich anzünden,
Und die sollen leuchten zu dir.‘

Das hört' ein falsches Nönnchen,
Die thät als wenn sie schlief;
Sie thät die Kerzen auslöschen,
Der Jüngling ertrank so tief.

Es war an ein'm Sonntag-Morgen,
Die Leute waren alle so froh;
Nicht so die Königstochter,
Die Augen saßen ihr zu.

‚Ach Mutter, herzliebste Mutter,
Mein Kopf thut mir so weh;
Ich möcht' so gern spazieren
Wol an die grüne See.'

„Ach Tochter, herzliebste Tochter,
Allein sollst du nicht gehn;
Weck' auf deine jüngste Schwester,
Und die soll mit dir gehn."

‚Ach Mutter, herzliebste Mutter,
Meine Schwester ist noch ein Kind;
Sie läuft ja nach all den Blümlein,
Die auf Grünheide sind.'

„Ach Tochter, herzliebste Tochter,
Allein sollst du nicht gehn;
Weck' auf deinen jüngsten Bruder,
Und der soll mit dir gehn."

‚Ach Mutter, herzliebste Mutter,
Mein Bruder ist noch ein Kind;
Er schießt ja nach all den Vöglein,
Die auf Grünheide sind.' —

Die Mutter gieng nach der Kirche,
Die Tochter hielt ihren Gang;
Sie gieng so lang spazieren,
Bis sie einen Fischer fand.

‚Ach Fischer, liebster Fischer,
Willst du verdienen groß Lohn,
So wirf dein Netz in's Wasser
Und fisch' mir den Königssohn!'

Er warf sein Netz in's Wasser,
Es gieng bis auf den Grund;
Er fischt' und fischte so lange,
Bis daß er den Königssohn fand.

Sie schloß ihn in ihre Arme
Und küßt' seinen bleichen Mund:
‚Ach Mündlein, könntest du sprechen,
So wär' mein jung Herze gesund!'

Was nahm sie von ihrem Haupte?
Eine goldene Königskron':
‚Sieh da, wohledler Fischer,
Das ist dein verdienter Lohn!'

Was zog sie von ihrem Finger?
Ein Ringlein von Golde so roth:
‚Sieh da, du armer Fischer,
Kauf deinen Kindern Brot!'

Sie schloß ihn an ihr Herze
Und sprang mit ihm in die See:
‚Gut Nacht, mein Vater und Mutter!
Ihr seht mich nimmermeh.' —

Da hört man Glöcklein läuten,
Da hört man Jammer und Noth:
Hier liegen zwei Königskinder,
Die sind alle beide todt.

Ulrich und Aennchen.

Es ritt ein Ritter wol durch das Ried,
Er sang ein schönes Tagelied,
Ein Lied von dreierlei Stimmen,
Daß Berg und Thal erklingen.

Das hört' des Königs Töchterlein
Auf ihres Vaters Lustkämmerlein:
‚Wer ist, der so wunderschön singet?
Mit dem will ich von hinnen.‘

„Schöne Jungfrau, wollt ihr mit mir in' Wald?
Ich will euch lehren den Vogelsang,
Ein Lied von dreierlei Stimmen,
Der grüne Wald soll klingen!“

Sie gieng auf ihre Schlafkammer
Und sucht' ihre Kleinod' zusammen;
Sie flocht ihr Härlein in Seiden,
Mit dem Ritter wollte sie reiten.

Er nahm die Jungfrau bei'm Gürtelschloß
Und schwang sie hinter sich auf sein Roß,
Er ritt gar eilend und balde
Zu einem stockfinsteren Walde.

Sie kamen zu einer Haselstaud',
Darauf da saß eine Turteltaub';
Das Täublein fieng an zu ruggieren:
‚Schöne Jungfrau, laß dich nicht verführen!‘

‚Ach Herre, lieber Herre mein,
Was ruckauset denn das Täubelein?‘
„Es ruckauset um seinen rothen Fuß,
Es ist gegangen den Winter barfuß.“

Sie ritten ein Stückchen weiter hin,
Sie kamen auf eine Wiese grün,
Zu einem kühlen Waldbrunnen;
Mit Blut war er umronnen.

Er spreit' seinen Mantel in's grüne Gras
Und bat sie, daß sie zu ihm saß;
Er legte sein Haupt in ihren Schooß,
Mit heißen Thränen sie ihn begoß.

Er schaut' ihr wol unter die Augen:
„Feinsliebchen, was bist du so traurig?
Weinst du um deines Vaters Gut,
Oder bin ich dir nicht gut genug?"

‚Ich wein' nicht um meines Vaters Gut,
Ich weine, daß ich sterben muß:
Dort oben in jener Tannen
Seh' ich eilf Jungfräulein hangen.'

„Weinst du um die eilf Jungfräulein,
So sollst du bald die zwölfte sein." —
‚Soll ich denn nun die zwölfte sein,
So wollt mir noch drei Schrei verleihn!' —

Drei einzige Schrei erlaub' ich dir wol,
'S ist Niemand im Wald, der's hören soll,
Als nur die kleinen Wildtäubelein,
Die fliegen den grünen Wald aus und ein."

Den ersten Schrei und den sie that,
Da rief sie Gott im Himmel an;
Den andern Schrei und den sie that,
Da rief sie ihren Vater an.

Den dritten Schrei und den sie that,
Da rief sie ihren jüngsten Bruder an:
‚Ach liebster Bruder, komm balde,
Hilf mir aus diesem Walde!'

Ihr Bruder saß bei'm kühlen Wein,
Der Schrei der fuhr zum Fenster hinein:
„‚Ach hört, ihr Brüder alle,
Meine Schwester schreit im Walde.

„‚Nun sattelt mein bestes Roß im Stall,
Daß ich kann reiten über Berg und Thal,
Und zäumt mir's mit eiserner Kette!
Mein Schwesterlein will ich erretten.'"

Der Bruder stillet' seine Hund'
Und ritt hinab in den Wald zur Stund
Zu einem kühlen Waldbrunnen;
Mit Blut war er umronnen.

„‚Herr Ulrich, liebster Ulrich mein,
Wo hast du mein jüngstes Schwesterlein?'"
„Dort oben auf jener Linden,
Schwarzbraune Seiden thut sie spinnen."

„‚Warum sind deine Schuh so roth?
Sie sind gefärbt mit rothem Blut.‘“
„Was sollen meine Schuh nicht blutig sein?
Ich hab' geschossen ein Täubelein.“

„‚Das Täublein das du geschossen hast,
Das hat meine Mutter zur Welt gebracht;
Sie hat's erzogen mit Milch und Wein,
Es war mein jüngstes Schwesterlein.‘“

Der Bruder zog aus sein scharfes Schwert
Und hieb seines Schwagers Haupt zur Erd':
„‚Jetzt lieg' du hier und faule!
Kein Mensch wird um dich trauren.‘“

Schön Aennchen kam in's kühle Grab,
Herr Ulrich kam auf's hohe Rad;
Um Aennchen klangen die Glocken fein,
Um Ulrich schrien die Raben allein.

Die schöne Agnese.

Es freit' ein wilder Wassermann,
Von der Burg bis an die See —
Des Königs Tochter aus Engelland,
Die schöne Agnese.

Er ließ ihr eine Brücke mit Gold beschlag'n,
Von der Burg bis an die See —
Drauf sollte sie spazieren gahn,
Die schöne Agnese.

Und als sie auf die Brücke kam,
Von der Burg bis an die See —
Der Wassermann zog sie hinab,
Die schöne Agnese.

Dort unten war sie sieben Jahr,
Von der Burg bis an die See —
Und sieben Söhne sie ihm gebar,
Die schöne Agnese.

Und als sie bei der Wiege stand,
Von der Burg bis an die See —
Da hört' sie die Glocken in Engelland,
Die schöne Agnese.

‚Ach Wassermann, lieber Wassermann,
Von der Burg bis an die See —
Laß mich einmal zur Kirchen gahn,
Mich arme Agnese!'

„Wenn ich dich laß' zur Kirchen gahn,
Von der Burg bis an die See —
Du möchtest mir nicht wiederkehr'n,
Du schöne Agnese!"

‚Warum sollt' ich nicht wiederkehr'n?
Von der Burg bis an die See —
Wer sollt' meine sieben Kinder ernähr'n
Mir armen Agnese!'

Und als sie auf den Kirchhof kam,
Von der Burg bis an die See —
Da neigt' sich Laub und grünes Gras
Vor der schönen Agnese.

Und als sie in die Kirche kam,
Von der Burg bis an die See —
Da neigt' sich Graf und Edelmann
Vor der schönen Agnese.

Der Vater macht' die Bank ihr auf,
Von der Burg bis an die See —
Die Mutter legt' das Kissen drauf
Der schönen Agnese.

Sie nahmen sie mit wol an den Tisch,
Von der Burg bis an die See —
Sie trugen ihr auf gebackne Fisch,
Der schönen Agnese.

Und als sie den ersten Bissen aß,
Von der Burg bis an die See —
Fiel ihr ein Apfel auf den Schooß,
Der schönen Agnese.

‚Ach Mutter, Herzensmutter mein,
Von der Burg bis an die See —
Werft mir den Apfel in's Feuer hinein,
Mir armen Agnese!‘

Und als sie den Apfel in's Feuer warf,
Von der Burg bis an die See —
Da stund der wilde Wassermann
Vor der schönen Agnese.

„Agnese, willst du nicht wiederkehr'n,
Von der Burg bis an die See —
Wer soll denn unsre Kinder ernähr'n,
Du schöne Agnese?“

‚Die Kinder woll'n wir theilen gleich,
Von der Burg bis an die See —‘
„Nehm' ich mir drei und du dir drei,
Du schöne Agnese!

„Das siebente woll'n wir theilen gleich,
Von der Burg bis an die See —
Nehm' ich ein Bein und du ein Bein,
Du schöne Agnese!“

‚Und eh' ich mir laß' mein Kind zertheil'n,
Von der Burg bis an die See —
Viel lieber will ich im Wasser bleib'n,
Ich arme Agnese!‘

Tanhäuser.

Nun will ich aber heben an,
Vom Tanhäuser wollen wir singen
Und was er Wunders hat gethan
Mit Frau Venusinnen.

Tanhäuser war ein Ritter gut,
Er wollt' groß Wunder schauen;
Da zog er in Frau Venus Berg
Zu andern schönen Frauen.

Und da ein Jahr herumme war,
Sein' Sünd' begannen ihm leiden:
‚Ach Venus, edle Fraue zart,
Ich will wieder von euch scheiden.‘

„Herr Tanhäuser, ihr seid mir lieb,
Daran sollt ihr gedenken!
Ihr habt mir einen Eid geschwor'n,
Ihr wollt von mir nicht wenken.“

‚Frau Venus, ich hab's nicht gethan,
Ich will das widersprechen,
Und redt' das Jemand mehr dann ihr,
Gott helf mir's an ihm rächen!‘

„Herr Tanhäuser, wie sagt ihr mir?
Ihr sollet bei uns bleiben;
Ich geb' euch meiner Gespielen ein'
Zu einem ehlichen Weibe.“

‚Und nähm' ich nun ein ander Weib,
Als ich hab in meinem Sinne,
So müßt' ich in der Höllen Glut
Auch ewiglich verbrinnen.‘

„Ihr sagt mir viel von der Höllen Glut,
Habt es doch nie empfunden:
Gedenkt an meinen rothen Mund,
Der lacht zu allen Stunden.“

‚Was hilft mir euer rother Mund?
Er ist mir gar unmäre;
Gebt Urlaub mir, Frau Venus zart,
Durch aller Frauen Ehre!‘

„Tanhäuser, wollt ihr Urlaub han,
Ich will euch keinen geben:
Nun bleibet, edler Tanhäuser zart,
Und fristet euer Leben!“

‚Mein Leben das ist worden krank,
Ich mag nicht länger bleiben;
Gebt Urlaub mir, Frau Venus zart,
Von eurem stolzen Leibe!‘

„Herr Tanhäuser, nicht sprecht also,
Ihr seid nicht wohl bei Sinne;
So gehn wir in ein Kämmerlein
Und spielen der heimlichen Minne!“

‚Eure Minne ist mir worden leid;
Ich hab in meinem Sinne:
O Venus, edle Jungfrau zart,
Ihr seid ein' Teufelinne.‘

„Herr Tanhäuser, wie sprecht ihr nun?
Besteht ihr mich zu schelten?
Sollt ihr noch länger bei uns sein,
Des Worts müßt ihr entgelten!“

‚Frau Venus, nein, das will ich nicht,
Ich mag nicht länger bleiben.
Maria Mutter, reine Magd,
Nun hilf mir von den Weiben!‘

„Tanhäuser, wollt ihr Urlaub han,
Nehmt Urlaub von dem Greisen!
Und wo ihr in dem Land umfahrt,
Mein Lob das sollt ihr preisen!“

Da schied er wieder aus dem Berg
In Jammer und in Reuen:
‚Ich will gen Rom wol in die Stadt
Auf eines Papstes Treuen.

‚Nun fahr' ich fröhlich auf die Bahn,
Gott müß' es immer walten!
Zu einem Papst der heißt Urban,
Ob er mich wollt' behalten. —

‚Herr Papst, geistlicher Vater mein,
Ich klag' euch meine Sünden,
Die ich mein Tag begangen hab',
Als ich euch will verkünden.

‚Ich bin gewest ein ganzes Jahr
Bei Venus einer Frauen;
Nun wollt' ich Beicht und Buß empfahn,
Ob ich möcht' Gott anschauen.'

Der Papst hätt' einen Stecken weiß,
Der war vom dürren Zweige:
„Wann dieser Stecken Blätter trägt,
Seind dir dein' Sünd' verziehen."

‚Und sollt' ich leben nur ein Jahr,
Ein Jahr auf dieser Erden,
So wollt' ich Beicht und Buß empfahn
Und Gottes Gnad' erwerben!' —

Da zog er wieder aus der Stadt
In Jammer und in Leiden:
‚Maria Mutter, reine Magd!
Muß ich mich von dir scheiden,

‚So zieh' ich wiedrum in den Berg
Ewiglich und ohn' Ende
Zu Venus meiner Frauen zart,
Wo mich Gott will hin senden.' —

„Seid willkommen, Tanhäuser gut!
Ich hab euer lang entboren;
Seid willkommen, mein liebster Herr
Und Held, mein Auserkoren!"

Darnach wol auf den dritten Tag
Der Stecken hub an zu grünen;
Der Papst schickt' Boten in alle Land:
Wohin Tanhäuser wär' kommen?

Da war er wieder in dem Berg,
Darinnen sollt' er nun bleiben
So lang bis an den jüngsten Tag,
Wo ihn Gott will hin weisen.

Das soll nimmer kein Priester thun,
Dem Menschen Mißtrost geben;
Will er dann Buß und Reu empfahn,
Sein' Sünd' seind ihm vergeben.

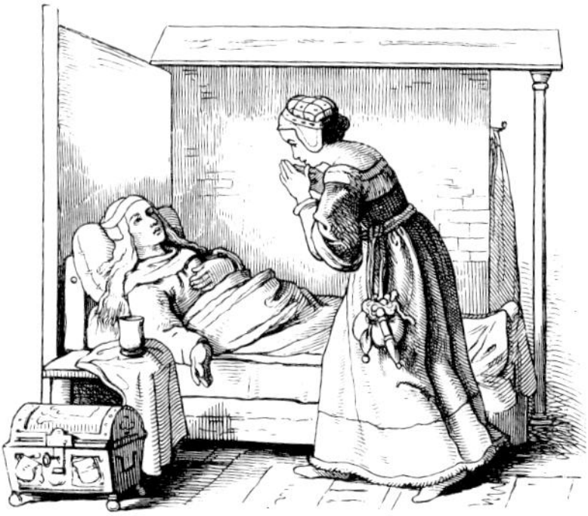

Des Markgrafen Töchterlein.

Es war ein Markgraf über'm Rhein,
Der hatt' drei schöne Töchterlein.

Die eine freit' in's Niederland,
Die andre freit' nicht weit davon.

Die dritte die blieb ganz allein,
Bis Vater und Mutter gestorben sein.

Dann zog sie weit im Land umher,
Wußt' nicht, wo ihre Schwestern wär'n.

Sie kam vor eines Kaufmanns Thür
Und klopfet da so leise für.

‚Wer ist denn drauß, wer klopfet an,
Der mich so leis aufwecken kann?‘

„Es ist ein armes Mägdelein,
Die wollt’ gern eine Dienstmagd sein.“

‚Ach Mägdlein, du bist viel zu fein;
Du gehst gern mit den Herrelein.‘

„Ach nein, ach nein, das thu’ ich nicht,
Meine Ehre mir viel lieber ist.“

Sie dingt das Mägdlein ein halbes Jahr,
Das Mägdlein dient ihr sieben gar.

Und als die sieben Jahr um war’n,
Das Mägdlein fieng zu kränkeln an.

‚Ach Mägdlein, wenn du krank willst sein,
Sag an, wer sind die Eltern dein?‘

„Mein Vater war Markgraf an dem Rhein,
Meine Mutter Königs Töchterlein.“

‚Ach nein, ach nein, das kann nicht sein,
Sonst wärst du mein jünstes Schwesterlein.‘

„Und wenn du mir’s nicht glauben willst,
So tritt vor meine Lade hin!

„Daran wird es geschrieben stehn,
Du kannst's mit eignen Augen sehn."

Und als sie vor die Lade trat,
Schossen ihr die Thränen die Wangen 'rab.

‚Ach hättst du's nicht ehr können sagen!
Hättst Sammt und Seide sollen tragen.'

„Kein Sammt und Seide trag' ich nicht,
Zum Sterben bin ich hergericht'."

‚Ach bringt mir Weck, ach bringt mir Wein!
Sonst stirbt mein jüngstes Schwesterlein.'

„Ich will kein' Weck, ich will kein' Wein,
Will nur ein kleines Särgelein."

[Und als das Mägdlein gestorben war,
Da wuchsen drei Lilien auf ihrem Grab,

Und unter der mittelsten stund geschrieben:
Das Mägdlein wär' bei Gott geblieben.]

Der Edelmann und der Schäfer.

Es trieb ein Schäfer die Lämmlein aus,
Veilchen, Rosen, Blumen!
Der Edelmann ritt zum Thore heraus.
Berg und Thal, kühler Schnee:
Herzlieb, Scheiden das thut weh!

Der Edelmann zog sein Hütlein ab
Und bot dem Schäfer einen guten Tag.

‚Ach Edelmann, laß dein Hütlein stohn!
Ich bin ja ein armer Schäferssohn.‘

„Bist du ein armer Schäferssohn,
Und gehst doch in Sammt und Seide herum?“

‚Was geht es den stolzen Edelmann an,
Wenn mir's mein Vater bezahlen kann?‘

„Wenn dir's dein Vater bezahlen kann,
So sollst du meine jüngste Tochter han.“

‚Ei wär' deine Tochter in Ehren fromm,
So nähm' sie keinen Schäferssohn.‘

Der Edelmann faßt' einen grimmigen Zorn
Und warf den Schäfer in' tiefsten Thurm.

Und als es dem Schäfer sein Vater erfuhr,
Sattelt' er sein Roß und ritt hinzu:

‚Ach Edelmann, laßt mir meinen Sohn am Leben!
Dreihundert Dukaten die will ich euch geben.‘

„Dreihundert Dukaten ist mir kein Geld,
Dein Sohn muß hangen im weiten Feld.“

Und als es dem Schäfer seine Mutter erfuhr,
Setzt' sie sich auf und fuhr hinzu:

‚Ach Edelmann, laßt mir meinen Sohn am Leben!
Sechshundert Dukaten die will ich euch geben.‘

„Sechshundert Dukaten ist mir kein Geld,
Euer Sohn muß hangen im weiten Feld.“

Und als es dem Schäfer seine Liebste erfuhr,
Schnürt' sie sich schlank und gieng hinzu:

‚Ach Edelmann, laßt mir meinen Schatz am Leben!
Eine Perlenkron' die will ich euch geben.‘

Eine Perlenkron' ist mir brav Geld,
   Veilchen, Rosen, Blumen!
Dein Schatz soll fahren in's weite Feld!
   Berg und Thal, kühler Schnee:
   Herzlieb, Scheiden das thut weh!“

Die gefangenen Reiter.

Es waren einmal drei Reiter gefangen,
Dabei ein junges Blut;
Sie wurden gefangen und geführet,
Keine Trommel ward dabei gerühret
Im ganzen römischen Reich.

Und als sie auf die Brücke kamen,
Was begegnet ihnen allda?
Ein Mägdlein jung an Jahren,
Hatte nicht viel Leid erfahren:
‚Geh hin und bitte du für uns!‘

„Und wenn ich für euch bitten thu',
Was hülfe mir denn das?
Ihr zieht in fremde Lande,
Laßt mich armes Mägdlein in Schande,
Dazu in Herzeleid."

‚Ach nein, ach nein, schön's Mägdelein,
Das kann und soll nicht sein;
Ich will dich lassen trauen
Zu einer ehelichen Frauen,
Mein eigen sollst du sein.'

Das Mägdlein sah sich um und um,
Groß Trauern kam sie an;
Sie gieng wol fort mit Weinen
Zu Straßburg über die Steine,
Wol vor's Kommandanten-Haus.

‚Guten Tag, guten Tag, lieber Herr Kommandant,
Ich hab' eine Bitt' an euch:
Wollet meiner in Gnaden gedenken
Und mir die Gefangnen los schenken,
Dazu mein' eignen Schatz.'

„Ach nein, ach nein, schön's Mägdelein,
Das kann und darf nicht sein;
Die Gefangnen die müssen sterben,
Gottes Reich sollen sie ererben,
Dazu die Seligkeit."

Das Mägdlein sah sich um und um,
Groß Trauern kam sie an;
Sie gieng wol fort mit Weinen
Zu Straßburg über die Steine,
Wol vor's Gefangnen=Haus.

‚Guten Tag, guten Tag, Herzgefangner mein,
Es kann und darf nicht sein!
Ihr Gefangnen, ihr müsset sterben,
Gottes Reich sollet ihr ererben,
Dazu die Seligkeit.'

Was zog sie aus ihrem Schürzelein?
Ein Hemd so weiß wie Schnee:
‚Sieh da, du Hübscher und du Feiner,
Du Herzallerliebster und du meiner,
Das soll dein Sterbkleid sein!'

Was zog 'er von dem Finger sein?
Ein goldnes Ringelein:
„Sieh da, du Hübsche und du Feine,
Du Herzallerliebste und du meine,
Das soll mein Denkmal sein!"

‚Was soll ich mit dem Ringlein thun,
Wenn ich's nicht tragen darf?'
„Leg' du's in Kisten und Kasten,
Laß es ruhen, laß es risten und rasten
Bis an den jüngsten Tag!"

‚Und wenn ich vor Kisten und Kasten komm'
Und schau' das Ringlein an,
Da darf ich's nicht anstecken;
Das Herz möcht' mir zerbrechen,
Daß ich's nicht ändern kann.'

Die Jüdin.

Es war eine stolze Jüdin,
Ein wunderschönes Weib,
Die hatt' eine schöne Tochter,
Ihr Haar war glatt geflochten,
Zum Tanz war sie bereit.

‚Ach Mutter, liebe Mutter,
Mein Kopf thut mir so weh;
Laß mich eine kleine Weile
Spazieren auf grüner Heide,
Bis daß mir besser wird!‘

„Ach Tochter, Herzenstochter,
Das kann und darf nicht sein;
Was sagten da die Leute,
Wolltst du auf grüner Heide
Allein spazieren gehn!“

Die Mutter kehrt' den Rücken,
Die Tochter nahm einen Sprung;
Sie sprang wol in die Straßen,
Wo Herren und Schreiber saßen,
Dem Schreiber sprang sie zu.

‚Ach Schreiber, liebster Schreiber,
Mein Herz thut mir so weh;
Laß mich eine kleine Weile
Nur ruhn an deiner Seite,
Bis daß mir besser wird!‘

„Ach Jüdin, liebste Jüdin,
Das kann und darf nicht sein;
Willst du dich lassen täufen,
Marianne sollst du heißen,
Mein Weibchen sollst du sein.“

‚Ach Schreiber, liebster Schreiber,
Das kann und darf nicht sein;
Eh' ich mich lasse täufen,
Viel lieber will ich mich ersäufen
Wol in dem tiefsten See.‘

Sie schwang sich um ihren Mantel
Und wandt' sich nach dem See:
‚Ade, mein Vater und Mutter,
Ade, du stolzer Bruder,
Ich seh euch nimmermeh.‘

Des Müllers Töchterlein.

Meister Müller thut mal sehen,
Was in seiner Mühle ist geschehen:
Das Rad das bleibt ganz stille stehn,
Es muß etwas zu Grunde gehn.

Die Frau Müllerin sprang wol auf die Kammer,
Schlug' die Händ' über'm Kopf zusammen:
„Haben wir das einz'ge Töchterlein,
Und das muß uns ertrunken sein!'

„Frau, ich bitt' dich um's Himmels Willen,
Laß nur Gott seinen Wunsch erfüllen;
Laß das Kind in seiner Qual und Pein
Ihm hier und dort empfohlen sein!“

„‚Kommt, ihr Schwestern, kommt gegangen!
Seht, das Rad hat mich gefangen;
Kränzet mir mein Haupt mit Rosmarin,
Dieweil ich Braut und Jungfer bin!

„‚Liebste-Eltern, thut's dran wagen,
Laßt mich durch sechs Träger tragen;
Traget mich dem Kirchhof zu,
Auf daß ich schlaf' in stiller Ruh'!

„‚Dort in jenem Rosengarten
Thut der Bräutigam meiner warten,
Ja bei Gott in jener Ewigkeit
Da steht mein Brautbett schon bereit.'“

Der verwundete Knabe.

A.

Es wollt' ein Mägdlein früh aufstehn
Und in den grünen Wald spazieren gehn.

Und als sie nun in den Wald 'nein kam,
Da fand sie einen verwundeten Knab'n.

Der Knab' der war von Blut so roth,
Und als sie sich verwandt, war er schon todt.

Wo krieg' ich nun zwei Leidfräulein,
Die mir mein feines Lieb zu Grabe wein'n?

Wo krieg' ich nun sechs Reuterknab'n,
Die mir mein feines Lieb zu Grabe trag'n?

Wie lang soll ich denn trauren gehn?
Bis alle Wasser zusammen gehn.

Ja alle Wasser gehn nicht zusamm',
So wird mein Trauren kein Ende hab'n.

B. Die verwundete Dame.

Ich wollt' einmal recht früh aufstehn,
Und in den grünen Wald spazieren gehn.

Und als ich in den Wald 'nein kam,
Da fand ich eine schneeweiße Dam'.

Die Dam' die war von Blut so roth,
Und eh man sich's versah, war sie schon todt.

Wo nehm' ich nun sechs Träger her,
Die mir mein feines Lieb zu Grabe trag'n?

Sechs Träger die sind schon bereit
In lauter Silber und schwarzer Seid'.

Wie lang soll ich nun traurig sein?
Bis daß alle Wasser verlaufen sein.

Und alle Wasser verlaufen sich nicht,
So nimmt mein Trauren kein Ende nicht.

Weder Glück noch Stern.

Es fiel ein Reif in der Frühlingsnacht,
Er fiel auf die zarten Blaublümelein,
Sie sind verwelket, verdorret.

Es hatt' ein Knab' ein Mägdlein lieb,
Sie flohen heimlich von Hause fort,
Es wußt's weder Vater noch Mutter.

Sie sind gewandert hin und her,
Sie haben gehabt weder Glück noch Stern,
Sie sind verdorben, gestorben.

Auf ihrem Grabe Blaublümlein blühn,
Umschlingen sich treu wie sie im Grab,
Der Reif sie nicht welket noch dörret.

Die zwei Gespielen.

Es saßen zwei Gespielen
Auf einer grünen Wiese;
Die eine führt' einen frischen Muth,
Die andre weint' so sehre.

‚Gespiele, liebste Gespiele mein,
Was weinest du so sehre?
Weinst du um deines Vaters Gut,
Oder weinst du um deine Ehre?‘

Ich wein' nicht um meines Vaters Gut,
Wein' auch nicht um meine Ehre;
Wir beide haben einen Knaben lieb,
Draus können wir uns nicht theilen.

‚Gespiele, liebste Gespiele mein,
Laß mir den Knaben alleine;
Ich will dir meinen Bruder geben
Und Vaters Gut zum Theile.‘

Ei deinen Bruder mag ich nicht,
Noch Vaters Gut zum Theile;
Ich will nicht Silber und rothes Gold,
Will meinen Schatz alleine. —

Der Knab' wol hinter der Linde stand,
Und hört' der Red' ein Ende:
„Ach großer Gott vom Himmel herab!
Zu welcher soll ich mich wenden?

„Wend' ich mich zu der Reichen,
So weinet meines Gleichen;
Wend' ich mich zu der Armen,
Da geht's, daß Gott erbarme!

„Und wenn die Reiche einen Thaler hat,
So verzehrt sie ihn ganz alleine;
Und wenn die Arme einen Groschen hat,
So thut sie ihn mit mir theilen.

„So will ich die Reiche fahren lan
Und mich zur Armen kehren;
Wir beide sind noch jung und stark,
Wir werden uns schon ernähren.“

Falsche Liebe.

Es stehen drei Sterne am Himmel,
Die geben der Lieb' einen Schein.
‚Gott grüß dich, schönes Jungfräulein,
Wo bind' ich mein Rösselein hin?'

„Nimm du dein Rößlein beim Zügel, beim Zaum,
Bind's an den Feigenbaum!
Setz' dich eine kleine Weil nieder,
Und mach' mir eine kleine Kurzweil!"

‚Ich kann und mag nicht sitzen,
Mag auch nicht lustig sein;
Mein Herz möcht' mir zerspringen,
Feinslieb, von wegen dein.'

Was zog er aus seiner Taschen?
Ein Messer, war scharf und spitz;
Er stach's seiner Liebsten in's Herze,
Das rothe Blut gegen ihn spritzt.

Und da er es wieder heraußer zog,
Von Blute war es so roth:
‚Ach reicher Gott vom Himmel,
Wie bitter wird mir der Tod!'

Was zog er ihr ab vom Finger?
Ein rothes Goldringelein;
Er warf es in's fließende Wasser,
Es gab seinen hellen Schein.

‚Schwimm hin, schwimm her, Goldringelein,
Bis an die tiefe See!
Mein Feinslieb ist mir gestorben,
Jetzt hab' ich kein Feinslieb mehr.' —

[So geht's, wenn ein Mädel zwei Knaben lieb hat,
Thut wunderselten gut.
Das haben wir beide erfahren,
Was falsche Liebe thut.]

Die unbarmherzige Schwester.

Es waren einmal zwei Schwestern,
Die eine war reich an Gut,
Die andre hatt' sechs kleine Kinder,
Und der ihr Mann war todt.

Die arme Schwester wandt' sich um
Und gieng wol ihren Gang
Zu ihrer reichen Schwester,
Die sie in Freuden fand.

'Ach Schwester, liebste Schwester,
Ich bitt' dich um ein Brot
Für meine sechs kleinen Kinder,
Die leiden Hungersnoth.'

„Ach nein, meine liebe Schwester,
Ach nein, das thu' ich nicht;
Ein Brot soll ich anschneiden,
Sechs Stücke davon schneiden?
Ach nein, das thu' ich nicht."

Die arme Schwester wandt' sich um
Und gieng wol ihren Gang
Zu ihren sechs kleinen Kindern,
Die sie im Schlafe fand. —

Der Herr wol aus der Kirche kam,
Er wollt' anschneiden das Brot;
Das Brot war hart wie Steine,
Das Messer von Blut so roth.

„,Ach Frau, ach liebste Fraue,
Wem hast du das Brot versagt?'"
„Ach, meiner armen Schwester,
Die mich so kläglich bat." —

Die reiche Schwester wandt' sich um
Und gieng wol ihren Gang
Zu ihrer armen Schwester,
Die sie in Trauern fand.

„Gott grüß dich, liebe Schwester,
Hier bring' ich dir ein Brot
Für deine sechs kleinen Kinder,
Daß sie nicht leiden Noth."

‚Ach nein, meine liebe Schwester,
Ach nein, das nehm' ich nicht;
Gott hat uns heut gespeiset,
Er speist uns morgen auch.'

[Die reiche Schwester wandt' sich um
Und gieng einen traurigen Gang:
Der Teufel kam gegangen
Und faßte sie bei der Hand.]

Das erlaubte Tänzchen.

Zwei Schwestern starben an einem Tag,
Sie wurden mitsammen gelegt in's Grab.

Und als sie kamen vor's himmlische Thor,
Sanct Peter sprach: ‚Wer ist davor?'

„Es sind davor zwei arme Seelen,
Die möchten gern bei Gott einkehren.“

‚Die erste die soll zu Gott eingehn,
Die zweite soll den breiten Weg gehn.‘

Und da sie den breiten Weg auße kam,
Da begegnet ihr die heilige Frau.

„‚Wohinaus, wohinaus, du arme Seel’?
Wir wollen jetzt bei Gott einkehr’n.‘“

„Ich bin ja schon bei Gott eingekehrt,
Da hat mir Sanct Peter hinausgewehrt.“

„‚Was hast du denn für Sünd’ gethan,
Daß du nicht sollst in den Himmel gahn?‘“

„Ich hab’ ja alle Samstag Nacht
Ein Reigentänzchen mitgemacht.“

„‚Hast du sonst keine Sünd’ gethan,
Darfst du mit in den Himmel gahn.‘“

Und als sie kamen vor’s himmlische Thor,
Sanct Peter sprach: ‚Wer ist davor?‘

„Es ist davor eine arme Seel’,
Die möchte gern bei Gott einkehr’n.“

Maria nahm sie bei der Hand
Und führte sie in's gelobte Land.

Da ward ihr gleich ein Stuhl bereit
Von nun an bis in Ewigkeit.

Die Macht der Thränen.

Es kam von einer Neustadt her
Eine Wittfrau sehr betrübet;
Es war gestorben ihr liebes Kind,
Das sie von Herzen geliebet.

Sie gieng einmal in's Feld hinaus,
Ihre Traurigkeit zu lindern;
Da kam das liebe Jesulein
Mit so viel weißen Kindern.

Mit weißen Kleidern angethan,
Mit Himmelsglanz verkläret,
Mit einer schönen Ehrenkron'
War'n diese Kinder gezieret.

Und als die Mutter ihr Kind erblickt,
Schnell thät sie zu ihm laufen:
‚Was machst du hier, mein liebes Kind,
Daß du nicht bist bei'm Haufen?'

„Ach Mutter, liebste Mutter mein,
Der Freud' muß ich entbehren;
Hier hab' ich einen großen Krug,
Muß sammeln eure Thränen.

„Habt ihr zu weinen aufgehört,
Vergessen eure Schmerzen,
So find' ich Ruh in dieser Erd',
Das freute mich von Herzen."

St. Katharina.

Es war von Rom ein Kaiser,
Der hielt einen schlimmen Rath
Wol um St. Katharina,
Die allerschönste Magd.

Da sprach der röm'sche Kaiser:
‚Willst du mein eigen sein?
Ich will dir ja vermachen
Mein ganzes röm'sches Reich.'

Da sprach die St. Katharina:
„Ach nein, das thu' ich nicht!
Hab' ich nicht Christ den Herren,
Und der mein Bräut'gam ist?"

Da faßt' der röm'sche Kaiser
Ein' schnellen grimmigen Zorn;
Er warf die St. Katharina
In allertiefften Thurm.

Darin da mußt' sie liegen
Bis auf den eilften Tag,
Daß sie weder Essen noch Trinken,
Noch Sonn' und Mond ansah.

Und als der röm'sche Kaiser
Den tiefen Thurm aufschloß,
Da saß die St. Katharina
Und blüht' als wie eine Ros'.

Da sprach der röm'sche Kaiser:
‚Wer hat dich denn ernährt,
Daß dich die leidigen Würmer
Und Schlangen nicht verzehrt?'

„Die Ottern und die Schlangen
Die haben mir nichts gethan;
Mir hilft Christus der Herre,
Mein himmlischer Bräutigam."

Und als der röm'sche Kaiser
Als er die Red' vernahm,
Er ließ drei Räder aufrichten
Auf einem grünen Plan.

Und als die St. Katharina
Als sie die Räder ansah,
Sie bat Christus den Herren
Um einen Donnerschlag.

Da kam so jäh ein Wetter
Und Donner und Hagel geschwind,
Der zerschlug die eisernen Räder
Und mancher Mutter ihr Kind.

Da bat die St. Katharina
Vor ihrem letzten End',
Daß nimmer ein Mensch soll sterben
Ohne das heilige Sacrament.

[Und wer dies Lied kann singen,
Der sing' es den Tag einmal,
So wird ihn Gott behüten
Vor aller Leibesgefahr.]

Zweites Buch.

Sehnsucht.

A.

Wenn ich ein Vöglein wär'
Und auch zwei Flüglein hätt',
Flög' ich zu dir;
Weil's aber nicht kann sein,
Bleib' ich allhier.

Bin ich gleich weit von dir,
Bin ich doch im Schlaf bei dir
Und red' mit dir;
Wenn ich erwachen thu',
Bin ich allein.

Es vergeht keine Stund' in der Nacht,
Da nicht mein Herz erwacht
Und an dich gedenkt,
Daß du mir viel tausendmal
Dein Herz geschenkt.

B.

Wenn ich ein Waldvöglein wär',
Wollt' ich fliegen über's Meer,
Schönster Schatz, zu dir;
Aber du bist weit von hier :|:
Und ich von dir.

Die Zeit geht traurig hin,
Wo ich nicht bei dir bin,
Das thut mir leid;
Ich wollt' schon fröhlich sein,
Könnt' ich nur bei dir sein,
Das wär' mein' Freud'.

Schönster Schatz, du weißt es wol,
Daß ich dich nicht lieben soll,
Das acht' ich nicht;
Weil's alle Leut' verdrießt, :|:
Drum lieb' ich dich.

Treue Liebe.

Ach wie wär's möglich dann,
Daß ich dich lassen kann!
Hab' dich von Herzen lieb,
Das glaube mir!

Du hast das Herze mein
Also genommen ein,
Daß ich kein' Andern lieb,
Als dich allein.

Blau ist ein Blümelein,
Das heißt Vergißnichtmein;
Dies Blümlein leg' an's Herz
Und denk' an mich!
Kein Unfall, keine Noth,
Ja nicht der bittre Tod
Mag scheiden mich von dir,
Das glaube mir!

Wär' ich ein Vögelein,
Wollt' ich bald bei dir sein,
Scheut' Falk und Habicht nicht,
Flög' schnell zu dir.
Schöß' mich ein Jäger todt,
Fiel' ich in deinen Schooß;
Sähst du mich traurig an,
Gern stürb' ich dann.

Mein eigen soll sie sein.

Auf Trauern folgt groß' Freud',
Das tröstet mich allzeit.
Weiß mir ein schönes Schätzelein,
So schön als wie ein Röselein,
Die mir mein Herz erfreut.

Sie hat ein goldgelbs Haar,
Dazu zwei Aeuglein klar,
Ihr hübscher Mund, ihr rother Mund
Hat mir mein Herz im Leib verwund't,
Es brennt wie Feuer gar.

Man spricht wol, sie wär' stolz,
Nicht Jedem thut sie hold;
Und wann sie über die Gassen will,
Geht sie gar hurtig, fein und still,
Geht sie gar züchtenvoll.

Ein Brieflein schreibt sie mir,
Sie woll' verbleiben mir;
Drauf schick' ich ihr ein Sträußelein,
Schön Rosmarin, brauns Nägelein:
Sie soll mein eigen sein!

Mein eigen soll sie sein,
Keinem Andern mehr als mein!
So leben wir in Freud und Leid,
Bis uns der Tod von einander scheid't.
Ade, feins Schätzelein!

Heimliche Liebe.

Kein Feuer, keine Kohle kann brennen so heiß,
Als heimliche Liebe, von der Niemand nicht weiß.

Keine Rose, keine Nelke kann blühen so schön,
Als wenn zwei verliebte Seelen bei einander thun stehn.

Wie's Waldvöglein singt, wenn's der Frühling anweht,
So dringt mir in's Herze deine liebliche Red'.

Zwei Sternlein am Himmel, zwei Röslein im Hag:
Mein Herz und das deine sind vom selbigen Schlag.]

Setz' du einen Spiegel in's Herz mir hinein,
Damit du kannst sehen, wie so treu ich es mein'.

[Und der Spiegel wird's weisen: es ist nichts darin,
Als Liebe und Treue und ehrlicher Sinn.]

Zuversicht.

Ich habe mir Eines erwählet,
Ein Schätzchen und das mir gefällt;
Ist hübsch und so fein,
Von Tugend so rein;
Fein tapfer und ehrlich sich hält.

Die Leute thun oftmals sagen,
Du hättest einen Anderen lieb;
Doch glaub' ich es nicht,
Bis daß es geschicht,
Mein Herze bleibt immer vergnügt.

Glaub' nicht den falschen Zungen,
Die mir und dir nichts gunnen;
  Bleib' ehrlich und fromm,
  Bis ich wiederum komm';
Drei Jahre die gehn bald herum.

Und wenn ich dann wiederum komme,
Mein Herz ist vor Freuden so voll:
  Deine Aeugelein klar,
  Dein goldgelbes Haar
Vergnügen mich tausendmal.

Liebesscherz.

A.

Wo e kleins Hüttle steht,
Ist e kleins Gütle;
Und wo viel Bube sind,
Mädle sind, Bube sind,
Do ist's halt lieble.

Lieble ist's überall,
Lieble auf Erde;
Wenn es nur mögle wär,
Z'mache wär, mögle wär,
Mein müßt' du werde.

‚Schätzle, des kann net sein,
Muß ja jetz wandre;
Aber wohin i geh,
Wo-n-i steh, wo-n-i geh,
Denk an kein Andre!'

Wenn zu mei'm Schätzle kommst,
Sag, i laß grüße;
Wenn es fragt, wie mer's geht,
Wie es steht, wie es geht,
Sag: auf zwei Füße!

Und wenn es lustig ist,
Sag, i sei g'storbe;
Wenn's aber weine thut,
Klage thut, weine thut,
Sag, i komm' morge.

Mädle, trau net so wohl,
Du bist betroge:
Daß i de gar net mag,
Nemme mag, gar net mag,
Sell ist verloge.

B.

Wenn du zu mei'm Schätzchen kommst,
Sag, ich laß sie grüßen;
Wenn sie fraget, wie mir's geht,
Sag: auf beiden Füßen.

Wenn sie fraget, ob ich krank,
Sag, ich sei gestorben;
Wenn sie an zu weinen fangt,
Sag, ich käme morgen.

Tanzliedchen.

Bin i net e Bürschle
  Auf der Welt?
Spring als wie e Hirschle
  Auf em Feld.
Auf em Feld, im grüne Holz
Begegnet mir e Jungfer stolz.

Gute Morge, Jungfer,
  Komm se g'schwind!
Will se mit mir tanze,
  Geb se d' Händ!
Stüble auf und ab geschwenkt
Und e Gläsle eingeschenkt.

Schöne Musikante,
  Spielet auf!
Machet mir e Tänzle
  Obe drauf!
Aufgeputzt, eingeschnürt,
Lustig zum Tanz geführt!
Heisasasa! Hopsasasa!

Tanzreime. Schelmenliedchen. Schnaderhüpfeln.

I.

Mei Schätzle is hübsch,
Aber reich is es net.
Was nützt mi der Reichthum?
Das Geld küß' i net.

Schö' bin i net, reich bin i wol,
Geld hab i e ganz Beutele voll;
Gehn mir nur drei Batzen ab,
Daß i grad zwölf Kreuzer hab.

Wenn i schon so übel aussch,
Bin eineweg net krank,
Es thut mir ja nur
Nach mei'm Schätzle so and.

Es thut mir so and
Und es fällt mir so schwer;
O herzigs liebs Schätzle,
Wenn i bei dir nur wär'!

„I hab' e schö's Schätzle,
Wenn's nur au so bleibt!“ —
Stell's 'naus in' Krautgarte,
Daß 's d' Spatze vertreibt!

Hab' e Ringle am Finger,
Dadurch seh i nur,
Da seh i mei'm Schätzle
Sei' falsche Natur.

O du mei liebs Herrgottle,
Was han i dir denn thau,
Daß du mi all mei Lebelang
Net willst heirate lau?

Jetz will i nemme betta,
Will net in Kirche gau,
Gib Acht, i kann di nötta,
Du wirst mi heira lau.

II.

Daß d' Herrn allweg sagn,
Es war 's Liebn nit derlabt!
Und i ko's halt nit glabn,
Bis 's mei Schatzerl aa glabt.

Sagn allweil von Sünd sei,
Die narretn Leut!
Es kann ja koa Sünd sei,
Was oan gar e so freut.

's Aierl und 's Busserl gebn
Is ja koa Sünd,
Hat mir's mei Muette g'lernt
Als a kloas Kind.

Mei Herzerl is treu,
Is a Schlösserl dabei,
Und an oanziger Bue
Hat es Schlüsserl dazue.

Die alt Lieb' die rost't nit,
Is allweil die best;
Die neu Lieb' die wankt gern,
Die steht nit so fest.

In Thal hats an Nebel,
Auf der Alm is schö' klar;
Und was d' Leut vo' mir redn,
Is a nit all's wahr.

's Deandl is krank,
Liegt dahoam auf der Bank,
Geht der Bader dazue,
Waar ihm lieber sei Bue.

Und wann d' mit deim Herzerl
So hoakli willst sei,
So nimm a Papierl
Und wickels dreinei!

Und nimm a blaus Bandl
Und bind dir's fest zue,
Aft werd's dir nit rueßi
Und 's nimmt dir's koa Bue.

Zwoa Anten im Wasser,
Zwoa Fischerl im See —
Mei Lieb die geht unter,
Geht nimmer in d' Höh'.

A Schwalbm macht koan Summer,
Bue, heiret ner zue!
Du machst mir koan Kummer,
's geit anderne gnue.

Und i wünsch dir viel Glück,
Daß dir's besser soll gehn,
Für die Zeit, daß d' mi g'liebt hast,
Bedank' i mi schön.

Mei Dienei.

I woaß a schöni Glockn,
Die hat an schön' Klang,
Und i woaß a schöns Dienei,
Dees hat an schön' G'sang.

I woaß a schöni Alm
Und die hat an' Kleeplatz,
Und da geht dees schö' Dienei,
Und dees is mei' Schatz.

Und bei'm Dienei seiner Hüttn
Da singa die Schwalbn,
Und da laafa die Gambsein
Glei' her über d' Alm.

Mei Lebn und mei Freud
Und mei Kopf und mei Sinn
Is allwei' bei'm Dienei
In der Almhüttn drin.

Und i ko' nimmer sitzn,
I ko' nimmer steh',
Und i muaß zun ihr auffi,
Auf d' Alm auffi geh'.

Aus 'n Thal bin i ganga,
Auf d' Alm bin i g'rennt,
Und da hat's mi vo' weitn
In' Juchezn kennt.

Du flachshaarets Dienei,
Di hon i so gern,
Und i kunnt wegn den Flachs
Glei' a Spinnradl wer'n.

Im Wald bei der Amsel.

Gestern Abend in der stillen Ruh
Hört' ich in dem Wald der Amsel zu.
Als ich nun da saß,
Meiner ganz vergaß,
Kam mein Schatz und sprach: Nun hab ich dich!
Und küßte mich.

Kam daher und schmeichelt' mir so schön,
Ließ so zärtlich ihre Treuheit sehn;
Schmieget sich um mich,
Drückt' und küßte mich,
Schwur bei ihrer Lieb', mir ganz allein
Getreu zu sein.

Ei du Schmeichlerin, sprach ich unerschreckt,
Wer hat dir mein' Aufenthalt entdeckt?
Ja im grünen Wald
Ist mein Aufenthalt,
Wo ich oft vergnügt in meinem Sinn
Gewesen bin.

So viel Laub als auf der Linden ist,
So vielmal hat mich mein Schatz geküßt.
Doch ich muß gestehn,
Niemand hat's gesehn;
Nur die Amsel in dem Wald allein
Könnt' Zeugin sein.

Augentrost.

Ach schönster Schatz, mein Augentrost,
Hast meiner ganz vergessen?
Du hast mir ja die Treu versagt
Und mir mein Herz so schwer gemacht,
Mich scheinbarlich verlassen.

Als ich dich sah zum ersten Mal,
Da thätst du mir gefallen;
Da dacht' ich in dem Herzen mein:
Wer mag das schöne Kind wol sein,
Wo mag sie sich aufhalten?

Als ich es recht erfahren hatt',
Wo sie sich auf thät halten,
Da sprach ich in dem Herzen mein:
Du tausendschönes Schätzelein,
An dich will ich mich halten!

Des Morgens wenn ich früh aufsteh',
Die Sonn' geht auf mit Strahlen,
Seh' ich schon bald am Fensterlein
Mein' Augentrost, mein' Herzenspein
Sich zöpfen fein und schmücken.

Des Abends wenn ich schlafen geh',
Denk' ich an jene Stunde,
Denk' ich der Allerliebsten mein:
Wo wird mein Schatz, mein Engel sein,
Den ich so treulich liebe?

Die Leut' sind schlimm, sie reden viel,
Das wirst du gar wol wissen;
Und wenn ein Herz das andre liebt,
Und keines dann ein' Falschheit übt,
Das thut die Leut' verdrießen.

Ich trag' einen Ring an meiner Hand,
Darin da steht dein Name;
Und wenn's von Gott verordnet ist
Und in der Lieb' kein' Falschheit ist,
So kommen wir zusammen.

Tritt zu!

Wenn alle Brünnlein fließen,
So soll man trinken.
Wenn ich mein' Schatz nicht rufen darf,
Ju ja rufen darf,
Thu' ich ihm winken.

Ja winken mit den Augen
Und treten auf den Fuß;
's ist Eine in der Stuben,
Und die mir werden muß.

Warum soll sie mir nicht werden?
Ich seh' sie doch so gern;
Sie hat zwei braune Aeugelein,
Die glänzen wie zwei Stern'.

Sie hat zwei rothe Wängelein,
Sind röther als der Wein;
Ein solches Mädchen find't man nicht
Wol unter'm Sonnenschein.

‚Ach herz'ger Schatz, ich bitte dich,
Ach laß mich gehen!
Denn deine Leut' die schmähen mich,
Ich muß mich schämen.'

Was frag' ich nach den Leuten,
Die mich thun schmähen?
Ei so lieb ich noch einmal,
Ju ja noch einmal
Dies schöne Mädchen!

Den Leuten zum Trutz.

Wo ist denn das Mädchen,
Das mich so lieb hat?
Es ist draußen im Garten,
Bricht Röselein ab.

Komm zu mir in' Garten,
Komm zu mir in' Klee,
Und sag mir deinen Jammer
Und klag mir dein Weh!

Was soll ich dir klagen,
Herztausender Schatz?
Wir beide müssen scheiden,
Für uns ist kein Platz.

Geh, hol' mir meinen Mantel,
Geh, hol' mir meinen Stock;
Jetzt muß ich von dannen,
Muß nehmen B'hüt Gott!

Und wenn schon bisweilen
Die Falschheit schleicht ein,
So woll'n wir halt denken,
Es muß schon so sein.

So woll'n wir halt denken,
Der Tod hat regiert,
Er hat mir mein Liebchen
Von dannen geführt.

Wenn schon die Leut' sagen,
Mein Schatz sei nichts nutz,
So will ich ihn doch lieben
Den Leuten zum Trutz.

Den Leuten zum Possen,
Den Leuten zum Trutz
Will ich mein' Schatz lieben,
Wenn mich's gleich nichts nutzt.

Treue Liebe.

Warum bist du denn so traurig?
Bin ich aller Freuden voll!
Meinst, ich könnte dich verlassen?
Du gefällst mir gar so wohl.

Eh' ich dich, mein Kind, soll lassen,
Muß der Himmel fallen ein,
Und die Sternlein sich erblassen
Und der Mond verfinstert sein.

Morgen muß ich von dir reisen,
Abschied nehmen mit Gewalt;
Lustig singen schon die Vögel
Draußen in dem grünen Wald.

Sitzen da zwei Turteltauben
Droben auf dem dürren Ast;
Wo sich zwei Verliebte scheiden,
Da verwelket Laub und Gras.

Laub und Gras das mag verwelken,
Aber treue Liebe nicht:
Kommst mir wol aus meinen Augen,
Doch aus meinem Herzen nicht.

Müllers Abschied.

Da droben auf jenem Berge
Da steht ein goldenes Haus,
Da schauen wol alle Frühmorgen
Drei schöne Jungfrauen heraus.

Die eine die heißet Susanne,
Die andere Anne-Marei;
Die dritte die thu' ich nicht nennen,
Die soll mein eigen sein.

Und drunten im tiefen Thale
Da treibet das Wasser ein Rad;
Das mahlet nichts denn Liebe
Von Morgen bis Abend spat.

Das Mühlrad das ist nun zerbrochen,
Die Liebe hat doch kein End';
Und wenn sich zwei Herzlieb thun scheiden,
So reichen s' einander die Händ'.

Und sollt' ich einsmals scheiden,
Wo begräbt man mich dann hin?
In meines Feinsliebchens Garten,
Wo rothe Röslein blühn.

Und sind es keine Röslein,
So ist's Muskatenkraut;
Du hast mir die Treu versprochen,
So bist du meine Braut.

Ach Scheiden, ach Scheiden, ach Scheiden!
Wer hat doch das Scheiden erdacht!
Der hat mein jung frisch Leben
Aus Freud' in Trauerheit bracht.

Das Liedlein das hat hier ein Ende,
Es hat's wol ein Müller erdacht,
Den hat des Ritters Töchterlein
Vom Lieben zum Scheiden gebracht.

Drei Reiter am Thor.

A.

Es ritten drei Reiter zum Thore hinaus, ade!
Feinsliebchen schaute zum Fenster hinaus, ade!

Und wenn es denn soll geschieden sein,
So reich' mir dein goldenes Ringelein!
Ade, ade, ade!
Ja, Scheiden und Meiden thut weh.

Goldringelein reichen und das thut weh, ade!
Wir beide wir scheiden uns nimmermeh, ade!
Und der uns scheidet das ist der Tod,
Er scheidet so manches Mündlein roth.
Ade, ade, ade!
Ja, Scheiden und Meiden thut weh.

Er scheidet das Kind wol in der Wiegen, ade!
Wann werd' ich mein schwarzbraunes Mädel doch kriegen?
Ade!
Und ist es nicht morgen, ach wär' es doch heut,
Es macht' uns allbeiden gar große Freud'.
Ade, ade, ade!
Ja, Scheiden und Meiden thut weh.

B.

Jetzt reisen wir zum Thor hinaus, ade!
Mein Schatz der schaut zum Fenster 'raus.
Ade, o weh, ade!

Mein Schatz, laß du dein Schauen sein!
Ich kann fürwahr nicht bei dir sein.

‚Kannst du fürwahr nicht bei mir sein,
So reich' mir nur dein Händelein!'

Händlein reichen und das thut weh,
Wir beide wir scheiden uns nimmermeh!

Es scheid't uns nur der bittre Tod,
Er scheid't so manches Mündlein roth.

Er scheid't das Kindlein von der Wiegen,
Den Junggesell'n wol von der Lieben.

Er scheid't so manchen Mann vom Weib,
Die lange Jahr lebten in Fröhlichkeit.

Drum Händlein reichen, und thuts auch weh, ade!
Wir beide wir scheiden uns nimmermeh!
Ade, o weh, ade!

Abschied.

Muß i denn, muß i denn zum Städtele 'naus,
Und du, mein Schatz, bleibst hier!
Wenn i komm, wenn i komm, wenn i wiedrum komm,
Kehr' i ein, mein Schatz, bei dir.
Kann i gleich net allweil bei dir sein,
Han i doch mein Freud' an dir;
Wenn i komm, wenn i komm, wenn i wiedrum komm,
Kehr' i ein, mein Schatz, bei dir.

Wie du weinst, wie du weinst, daß i wandere muß,
Wie wenn d' Lieb jetzt wär' vorbei!
Sind au drauß, sind au drauß der Mädele viel,
Lieber Schatz, i bleib' dir treu.

Denk du net, wenn i a Andre sieh,
No sei mein' Lieb vorbei;
Sind au drauß, sind au drauß der Mädele viel,
Lieber Schatz, i bleib' dir treu.

Ueber's Johr, über's Johr, wenn mer Träubele schneid't,
Stell i hier mi wiedrum ein;
Bin i dann, bin i dann dein Schätzele noch,
So soll die Hochzeit sein.
Ueber's Johr do ist mein' Zeit vorbei,
Do g'hör i mein und dein;
Bin i dann, bin i dann dein Schätzele noch,
So soll die Hochzeit sein!

Abschied.

Jetzund reis' ich weg von hier
Und muß Abschied nehmen;
Ach du allerschönste Zier,
Scheiden das bringt Grämen.
Scheiden macht mich recht betrübt:
Da ich dich so treu geliebt
Ueber alle Maßen,
Soll ich dich verlassen.

Wenn zwei gute Freunde sind,
Die einander kennen —
Sonn' und Mond bewegen sich,
Ehe sie sich trennen.
Noch viel größer ist der Schmerz,
Wenn ein treu verliebtes Herz
Muß von seines Gleichen
Eine Zeitlang weichen.

Denk' zu Zeiten noch an mich,
Wenn ich nun werd' scheiden;
Du wirst mir auch ewiglich
Im Gedächtniß bleiben.
Hörst du oftmals Vögelein,
Wiße, daß es Boten sein,
Die mit ihrem Singen
Einen Gruß dir bringen.

Küsset dir ein Lüftelein
Wangen oder Hände,
Denke, daß es Seufzer sein,
Die ich zu dir sende;
Tausend schick' ich täglich aus,
Die da wehen um dein Haus,
Weil ich dein gedenke.

Abschied treuer Liebenden.

Ade, jetzt muß ich scheiden,
Weil's anders nicht kann sein,
Muß dich, mein Engel, meiden,
Gib dich geduldig drein!
Mein Schatz, mein Engelein,
Gib dich geduldig drein;
Wir werden zusammen kommen,
Wenn's Gottes Will' wird sein.

Wir haben beisammen gesessen
So manche liebe Nacht,
So manchen Schlaf vergessen,
Aus Liebe zugebracht.
Aus Lieb' von Herzensgrund
Hab ich dein' süßen Mund
Viel tausendmal geküsset
In einer Viertelstund'!

„Reis' du in Gottes Namen
Zu Wasser und zu Land!
Kommst du zu schönen Damen,
Verlieb' dich nicht so bald!
Kehrst du in's Wirthshaus ein
Und trinkst ein Gläslein Wein,
Sollst mir's zur Gesundheit trinken,
Wenn du mein Schatz willst sein.

„Wir werden zusammen kommen,
Wenn's Gottes Will' wird sein,
Und Niemand soll uns trennen,
Als nur der Tod allein.
Wenn einst verwest wird sein
Der Leib und die Gebein',
Wirst du in jenem Leben
Mein schönster Schatz noch sein."

Abschied vom Liebchen.

O Berlin, ich muß dich lassen,
O du wunderschöne Stadt,
Und darinnen muß ich lassen
Meinen auserwählten Schatz.

Schönster Schatz, du thust mich kränken
Tausendmal in einer Stund';
Wenn ich nur das Glück könnt' haben,
Dir zu küssen deinen Mund.

Zwar ich bin noch jung von Jahren,
Und das Reisen mir gefällt,
Etwas Neues zu erfahren,
Wie es zugeht in der Welt.

O ihr Wolken, gebet Wasser,
Daß ich weinen kann genug!
Meine Aeugelein sind nasser,
Nasser als der Donaufluß.

Schönster Schatz, wenn du willst schreiben,
Schreibe mir ein Briefelein,
Daß du mir getreu willst bleiben;
Drücke auch dein Herzchen ein!

Der letzte Abend.

Wenn ich an den letzten Abend gedenk',
Als ich Abschied von dir nahm —
Der Mond schien so hell, ich mußt' scheiden von dir,
Doch mein Herz bleibt stets bei dir.
Nun ade, ade, ade! Feinsliebchen, lebe wohl!

Meine Mutter hat gesagt, ich sollt 'ne Reiche nehmen,
Die da hat viel Silber und Gold;
Doch viel lieber will ich mich in die Armut begeben,
Als ich dich verlassen sollt.

Großer Reichthum bringt uns keine Ehr,
Große Armut keine Schand;
Ei so wollt' ich, daß ich tausend Thaler reicher wär'
Und hätte dich an meiner Hand.

Ich gedenke noch einmal reich zu werden,
Aber nicht an Geld und Gut:
Wollte Gott mir nur schenken das ewige Leben,
Ei so bin ich reich genug.

Das ewige Leben, viel Glück und Segen
Wünsch' ich dir viel tausend Mal.
Und du bist mein Schatz, und du bleibst mein Schatz
Bis in das kühle Grab.
Nun ade, ade, ade! Feinsliebchen, lebe wohl!

Abschiedsklage.

Ach, in Trauern muß ich leben,
Ob ich schon es nicht verschuld't;
Weil mein Schatz mir's hat aufgeben,
Will ich's tragen mit Geduld.

Wo ich geh' auf Weg und Straße,
Sehen mir's die Leute an;
Meine Augen stehn voll Wasser
Und kein Wort mehr sprechen kann.

Vater und Mutter wollen's nicht leiden,
Schönster Schatz, das weißt du wohl;
Helf' dir Gott zu deinem Glücke,
Weil ich dich nicht haben soll!

Sind wir oft beisamm' gesessen
Manche schöne halbe Nacht,
Haben den süßen Schlaf vergessen
Und mit Lieben zugebracht.

Spielet auf, ihr Musikanten,
Spielet mir ein Saitenspiel
Meinem Schätzchen zu Gefallen,
Weil ich Abschied nehmen will!

Rosmarin und Lorbeerblätter
Schenk' ich dir zu guter Letzt;
Das soll sein das letzt' Gedenken,
Weil du mich nochmals ergetzt.

Stehn zwei Sternlein an dem Himmel,
Leuchten heller als der Mond;
Einer leucht' zu mei'm Feinsliebchen,
Einer leucht' in's fremde Land.

Gruss.

So viel Stern' am Himmel stehen,
So viel Schäflein als da gehen
In dem grünen, grünen Feld;
So viel Vöglein als da fliegen,
Als da hin und wider fliegen:
So vielmal seist du gegrüßt!

Soll ich dich denn nimmer sehen?
Ach, das kann ich nicht verstehen,
O du bittrer Scheidensschluß!
Wär' ich lieber schon gestorben,
Eh' ich mir ein Lieb erworben,
Wär' ich jetzo nicht betrübt.

Weiß nicht, ob auf dieser Erden
Nach viel Trübsal und Beschwerden
Ich dich wiedersehen soll.
Was für Wellen, was für Flammen
Schlagen über mir zusammen,
Ach, wie groß ist meine Noth!

Mit Geduld will ich es tragen,
Alle Morgen will ich sagen:
O mein Schatz, wann kommst zu mir?
Alle Abend will ich sprechen,
Wenn mir meine Aeuglein brechen:
O mein Schatz, gedenk' an mich!

Ja, ich will dich nicht vergessen,
Wenn ich sollte unterdessen
Auf dem Todbett schlafen ein.
Auf dem Kirchhof will ich liegen
Wie ein Kindlein in der Wiegen,
Das die Lieb' thut wiegen ein.

Goldringlein.

Bald graf' ich am Neckar,
Bald graf' ich am Rhein,
Bald hab' ich ein Schätzle,
Bald bin ich allein.

Was batt mich mein Grasen,
Wann die Sichel nicht schneid't?
Was batt mich mein Schätzle,
Wenn's bei mir nicht bleibt?

Und soll ich denn grasen
Am Neckar, am Rhein,
So werf' ich mein schönes
Goldringlein hinein.

Es fließet im Neckar,
Es fließet im Rhein,
Soll schwimmen hinunter
Ins tiefe Meer 'nein.

Und schwimmt es, das Ringlein,
So frißt es ein Fisch;
Das Fischlein soll kommen
Auf's Königs sein' Tisch.

Der König thät fragen,
Wem's Ringlein soll sein;
Da thät mein Schatz sagen:
‚Das Ringlein g'hört mein.'

Mein Schätzlein thät springen
Bergauf und bergein,
Thät mir wiedrum bringen
Das Goldringlein fein.

‚Kannst grasen am Neckar,
Kannst grasen am Rhein,
Wirf du mir nur immer
Dein Ringlein hinein!'

Gelähmter Flug.

Wär' ich ein wilder Falke,
Ich wollt' mich schwingen auf,
Und wollt' mich niederlassen
Vor meines Grafen Haus.

Und wollt' mit starkem Flügel
Da schlagen an Liebchens Thür,
Daß springen sollt' der Riegel,
Mein Liebchen trät' herfür.

‚Hörst du die Schlüssel klingen?
Deine Mutter ist nicht weit;
So zieh' mit mir von hinnen
Wol über die Heide breit!'

Und wollt' in ihrem Nacken
Die goldnen Flechten schön
Mit wildem Schnabel packen,
Sie tragen zu dieser Höhn.

Ja wohl zu dieser Höhen,
Hier wär' ein schönes Nest —
Wie ist mir doch geschehen,
Daß ich gesetzet fest?

Ja trüg' ich sie im Fluge,
Mich schöß' der Graf nicht todt,
Sein Töchterlein zum Fluche
Das fiele sich ja todt.

So aber sind die Schwingen
Mir allesammt gelähmt;
Wie hell ich ihr auch singe,
Mein Liebchen sich doch schämt.

Die Gedanken sind frei.

Die Gedanken sind frei,
Wer kann sie errathen?
Sie fliehen vorbei
Wie nächtliche Schatten.

Kein Mensch kann sie wissen,
Kein Jäger sie schießen;
Es bleibet dabei:
Die Gedanken sind frei!

Ich denke was ich will
Und was mich beglücket,
Doch alles in der Still'
Und wie es sich schicket.
Mein' Wunsch und Begehren
Kann Niemand verwehren;
Es bleibet dabei:
Die Gedanken sind frei!

Und sperrt man mich ein
Im finsteren Kerker,
Das Alles sind rein
Vergebliche Werke;
Denn meine Gedanken
Zerreißen die Schranken
Und Mauern entzwei:
Die Gedanken sind frei!

Drum will ich auf immer
Den Sorgen entsagen,
Und will mich auch nimmer
Mit Grillen mehr plagen.

Man kann ja im Herzen
Stets lachen und scherzen
Und denken dabei:
Die Gedanken sind frei!

Ich liebe den Wein,
Mein Mädchen vor allen;
Sie thut mir allein
Am besten gefallen.
Ich bin nicht alleine
Bei meinem Glas Weine,
Mein Mädchen dabei —
Die Gedanken sind frei!

Liebesschmerz.

A.

Den Sonntag, des Morgens in aller Fruh,
Da kam mir eine traurige Botschaft zu,
Dieweil ich von mei'm Schätzchen hab' Abschied genommen,
Ich sollte doch noch einmal zu ihr kommen.

Und als ich zu ihr gekommen bin,
Da thät sie mir was sagen in aller Still':
Ich sollt' sie nicht verlassen in aller ihrer Noth,
Ich sollt' sie treulich lieben bis in den Tod.

‚Schau an, schau an mein bleiches Angesicht,
Schau, wie mich die Liebe hat zugericht'!
Kein Feuer ist auf Erden, das brennet also heiß,
Als die verborgne Liebe, die Niemand weiß.

‚Die Dornen und Disteln die stechen gar so sehr,
Die falschen Zungen aber noch viel mehr;
Viel lieber wollt' ich gehn wo Dorn' und Disteln stehn,
Als wo zwei falsche Zungen beisammen stehn.

‚Mit Trauern muß ich schlafen gehn,
Mit Trauern muß ich wiedrum auferstehn;
Mit Trauern und mit Weinen verbring' ich meine Zeit,
Dieweil ich nicht kann haben was mein Herz erfreut.

‚Geht dir's wohl, so gedenk' an mich,
Geht dir's aber übel, so kränkt es mich.
Wie froh wollt' ich sein, wenn dir's nur wohl ergeht,
Obschon mein junges Leben in Trauern steht.

‚Ach herzlieber Schatz, ich bitte dich noch eins:
Du wollest auch bei meinem Begräbniß sein,
Du wollst mich helfen tragen in's kühle Grab,
Dieweil ich dich so treulich geliebet hab'.'

B.

Mein Schatz der ist auf die Wanderschaft hin,
Ich weiß aber nicht, was ich so traurig bin;
Vielleicht ist er todt und liegt in guter Ruh,
Drum bring' ich meine Zeit so traurig zu.

Als ich mit mei'm Schatz in die Kirch' wollte gehn,
Viel falsche falsche Zungen an der Thüre stehn;
Die eine red't dies, die andre red't das,
Das macht mir gar oft meine Aeugelein naß.

Die Disteln und die Dornen die stechen gar so sehr,
Die falschen falschen Zungen aber noch viel mehr;
Kein Feuer auf Erden auch brennet also heiß,
Als heimliche Liebe, die Niemand weiß.

Ach herzliebster Schatz, ich bitte dich noch eins:
Du wollest auch bei meinem Begräbniß sein,
Bei meinem Begräbniß bis ins kühle Grab,
Dieweil ich dich so treulich geliebet hab.

Die Trauernde.

Was führ' ich denn so für ein trauriges Leben,
Daß mir mein Schatz hat Urlaub gegeben,
Hat Urlaub gegeben und meiner nicht gedacht?
Drum geb' ich meinem Schatz viel tausend guter Nacht.

Viel tausend gute Nacht, viel tausend gute Stund' —
Ach, hätt' ich doch ein Wort mit ihm reden gekonnt!
Dieweil ich aber sehe, daß dieses nicht kann sein,
Da andre falsche Herzen zu sehr dawider sein:

Drum will ich mir kaufen ein aschegraues Kleid,
Darunter will ich tragen groß Herzeleid,
Groß Herzeleid und ein' getreuen Muth,
Wie es das Turteltäubelein auch thut.

Das Turteltäubelein so hübsch und so fein,
Es ruht nie auf einem grünen Zweigelein,
Es trinkt auch niemalen das Wasser so rein,
Es schlägt erst mit beiden Flügelein drein.

Und bin ich auch nicht sehr reich dabei,
So ist doch gewiß mein Herze getreu;
Es gäbe wol Mancher eintausend Thaler Schatz,
Wenn er nur fände ein getreues Herz.

Botschaft.

Hoffnung, Hoffnung, komm nur bald,
Meines Herzens Aufenthalt!
Mein Verlangen steht allein
Zu dem Herzallerliebsten mein.

Wer schreibt mir ein Briefelein
An den Herzallerliebsten mein,
Ob er noch ist frisch und gesund,
Ob noch lacht sein rother Mund?

Schwing dich auf, Frau Nachtigall,
Grüß meinen Schatz viel tausendmal!
Grüß mir ihn aus Herzensgrund,
Wünsch ihm, daß er bleib' gesund.

Merk nur fleißig was er red't,
Ob er sich entfärben thät;
Ob er weinet oder lacht,
Oder meiner gar nicht acht'.

Ob er meiner gleich nicht acht',
Wünsch' ich ihm eine gute Nacht.
Kehr dich um und flieg davon!
Untreu bekommt doch ihren Lohn.

Frau Nachtigall.

Nachtigall, ich hör' dich singen,
's Herz im Leib möcht' mir zerspringen;
Herzige Frau Nachtigall,
Sei gegrüßt viel tausendmal!

Nachtigall, ich seh' dich laufen,
Aus dem Bächlein thust du saufen;
Du tunkst dein klein Schnäblein ein,
Meinst es wär' der beste Wein.

Nachtigall, wo ist gut wohnen?
In den Linden in den Kronen,
Oder auf dem grünen Ast,
Wo du dein weich Bettlein hast?

Nachtigall, ich hör' dich wieder,
Deine wunderschönen Lieder;
Komm zu mir und sag mir's wol,
Wie ich mich verhalten soll!

„Sag, was thut dein Herz sich kränken?
Thust du an dein Schätzlein denken?" —
Mein Schatz ist mir ungetreu,
Drum kann ich nicht fröhlich sein.

„Thu dein Herz in zwei Stück theilen,
Komm zu mir, ich will dir's heilen;
Schlag die Grillen aus dem Sinn!
Wo ist dein Herzliebster hin?“

Nachtigall, du thust ihn finden,
Flieg umher auf Berg' und Gründen;
Schwing dich auf, Frau Nachtigall,
Grüß mein' Schatz viel tausendmal!

Ade zur guten Nacht.

Ade zur guten Nacht!
Jetzt ist der Schluß gemacht,
  Daß ich muß scheiden.
Im Sommer wächst der Klee,
Im Winter schneit's den Schnee,
  Da komm' ich wieder.

Es trauern Berg und Thal,
Wo ich viel tausendmal
  Bin drüber gangen;
Das hat deine Schönheit gemacht,
Die mich zum Lieben gebracht
  Mit großem Verlangen.

Das Brünnlein rinnt und rauscht
Wol dort am Holderstrauch,
Wo wir gesessen.
Wie manchen Glockenschlag
Da Herz bei Herzen lag,
Das hast du vergessen!

Die Mädchen in der Welt
Sind falscher als das Geld
Mit ihrem Lieben.
Ade zur guten Nacht!
Jetzt ist der Schluß gemacht,
Daß ich muß scheiden.

Drei Röslein.

Jetz gang i an's Brünnele, trink' aber net;
Do such i mein' herztausige Schatz, find'n aber net.

Do laß i meine Aeugelein um und um gehn;
Do sieh-n-i mein' herztausige Schatz bei 'me-n-Andre stehn.

Und bei 'men-n-Andre stehe sehn, ach, das thut weh!
Jetz b'hüt di Gott, herztausiger Schatz! di b'sieh-n-i
nimme meh.

Jetz kauf' i mir Dinte-n-und Fed'r und Papier,
Und schreib' mei'm herztausige Schatz einen Abschiedsbrief.

Jetz leg' i mi nieder auf's Heu und auf's Stroh,
Do falle drei Röselein mir in den Schooß.

Und diese drei Röselein sind blutigroth;
Jetz weiß i net, lebt mei Schatz oder ist er todt.

Es ist Alles umsonst.

Was hab' ich denn meinem Feinsliebchen gethan?
Sie geht ja vorüber und schaut mich nicht an;
Sie schlägt ihre Aeugelein wol unter sich
Und hat einen Anderen viel lieber als mich.

Das macht halt ihr Stolz und hochmüthiger Sinn,
Weil ich ihr nicht schön und nicht reich genug bin;
Und bin ich auch nicht schön und reich, so bin ich doch so jung —
Herzallerliebstes Schätzelein, was kümmr' ich mich denn drum?

Jetzt will ich mein Herz auch nicht länger so quälen
Und will mir ein ander schön Schätzchen erwählen;
Wol aus den Augen, wol aus dem Sinn —
Du närrisches Mädchen, fahr du nur immer hin!

Fahr immer nur hin! ich halte dich nicht,
Ich hab' meinen Sinn auf ein' Andre gericht',
Auf ein' Andre gericht', auf ein' Andre gewend't —
Viel besser, ich hätte dich niemals gekennt.

‚Und hast du den Sinn auf ein' Andre gericht',
Die Berge sind hoch, die ersteigest du nicht.' —
Wie höher die Berge, wie tiefer das Thal!
Heut seh' ich mein Schätzelein zum allerletzten Mal.

‚Ach junger Geselle, ich rathe dir's nicht,
Die Wasser sind tief, die durchschwimmest du nicht;
Die stillen tiefen Wasser, die haben keinen Grund —
Laß ab von der Liebe, 's ist Alles doch umsonst!'

Untreue.

Jetzunder geht das Frühjahr an
Und Alles fängt zu blühen an
Auf grüner Heid' und überall.

Es ist nichts Schönres in der Welt
Als wie die Blümlein auf dem Feld,
Sie blühen weiß, blau, roth und gelb.

Und wenn sich Alles lustig macht
Und ich auch gar nicht schlafen mag,
Geh' ich zum Schätzlein bei der Nacht.

Und zwischen Berg und tiefem Thal
Da hört' ich schon die Nachtigall
An einem tiefen Wasserfall.

Und als ich vor's Schlaffenster gieng,
Da hört' ich schon ein' Andern drin,
Da sagt' ich, daß ich nicht mehr käm'.

„Ich hab' dich allzeit treu geliebt
Und dir dein Herz niemals betrübt,
Und du führst ein' so falsche Lieb!“

Jetzt geh' ich in den grünen Wald,
Da such' ich meinen Aufenthalt,
Weil mir mein Schatz nicht mehr gefallt.

Und wenn ich über die Aue geh,
Da singt das Lerchlein in der Höh':
Ade, du falscher Schatz, ade!

Jetzt leg' ich mich in's Federbett,
Bis über die Ohren zugedeckt,
Bis mich ein andres Schätzlein weckt.

Verlorene Liebesmüh.

Denk' ich alleweil, denk' ich alleweil,
Schön Schätzlein wär' mein;
Jetzt seh' ich's vor Augen,
Es kann ja nicht sein.

Wo ich gehe, wo ich stehe,
Das Herz thut mir weh;
Den Leuten ist's zuwider,
Wenn ich nur mit ihr geh'.

‚Herzig Schätzlein, bist du drinnen,
Steh auf und mach auf!
Es friert mich an meine Finger,
Bin sonst nicht wohl auf.‘

„Friert dich's an deine Finger,
Zieh Handschühle an,
Bleib nur eine Weil stehen,
Klopf noch einmal an!“

‚Was batt mich mein Klopfen?
Du machst mir nicht auf;
Du thust mich vexiren
Und lachst mich nur aus.‘

Die Unbeständige.

Schöne Augen, schöne Strahlen,
Schöner rother Wangen Prahlen,
Schöne rothe Lippen,
Schöne Marmorklippen
Liebt mein Gesicht.

Unter diesen Schönen allen
Thut mir Eine nur gefallen;
Aber ihretwegen
Fesseln anzulegen,
Das thu' ich nicht.

Ich will stets in Freiheit bleiben,
Meine Zeit in Lust vertreiben,
Auch in jungen Jahren
Mein Herz wol bewahren
Vor Liebesschmerz.

Man kann denken wie es schmerzet,
Wenn ein Andrer mit ihr scherzet,
Mit den Augen zielet,
Mit den Lippen spielet,
Mir zum Verdruß.

Fahre hin, du falsche Seele!
Ich will mich um dich nicht quälen;
Willst du mich nicht lieben,
Sondern nur betrüben,
Bleib wer du bist!

Jetzt hab' ich mir vorgenommen,
Nimmermehr zu dir zu kommen;
Denn du bist von Flandern,
Liebst Einen um den Andern,
Darum haß' ich dich.

Nachtfahrt.

Ich gieng wol bei der Nacht,
Die Nacht die war so finster,
Daß man kein Sternlein sah.

Ich kam vor Liebchens Thür,
Die Thür die war verschlossen,
Der Riegel der war für.

Es waren der Schwestern drei,
Die allerjüngste drunter,
Die kam und ließ mich ein.

Sie stellt' mich hinter die Thür
Bis Vater und Mutter schliefen,
Dann holte sie mich herfür.

Sie führt' mich oben in's Haus,
Ich dacht' ich wollt' sie küssen,
Sie stieß mich zum Laden hinaus.

Ich fiel auf einen Stein,
Brach mir zwei Rippen im Leibe,
Dazu das linke Bein.

Der Fall der thut mir weh;
'Ade, du falsches Schätzchen,
Zu dir komm' ich nicht mehr.'

Vergebliche Warnung.

Ich hatte mein Feinsliebchen
So lange nicht gesehn. :

Ich sah sie gestern Abend
Wol in der Hausthür stehn. :

Ich dacht' ich wollt' sie küssen,
Der Vater sollt's nicht wissen;
Die Mutter ward's gewahr,
Daß Jemand bei ihr war.

‚Ach Tochter, willst du freien?
Das wird dich bald gereuen,
Es reut dich ganz gewiß. :

‚Wenn andre junge Mädchen
Mit ihren grünen Kränzchen
Wol auf den Tanzboden gehn: :

‚Da mußt du junges Weibchen
Mit deinem schneeweißen Häubchen
Wol an der Wiege stehn; :

‚Mußt singen: Ru ru Rinnchen,
Schlaf ein, mein liebes Kindchen,
Thu deine Aeuglein zu
Und schlaf in guter Ruh!‘

„Ach hätt' die Lieb' nicht so gebrannt,
So wär'n wir nicht so nah bekannt;
Das Feuer brennet sehr,
Die Liebe noch viel mehr.

„Das Feuer kann man löschen,
Die Liebe nicht vergessen,
Ja nun und nimmermehr.“ :

Ich hört' ein Sichlein rauschen.

Es dunkelt in dem Walde,
Nach Hause woll'n wir gehn,
Das Korn woll'n wir abschneiden
So gut als wir's verstehn.

Ich hört' ein Sichlein rauschen,
Ja rauschen durch das Korn;
Ich hört' mein Feinslieb klagen,
Sie hätt' ihr Ehr' verlorn.

Hat sie ihr Ehr' verloren,
Hab ich ja noch die mein';
So gehn wir beide zusammen
Und winden zwei Kränzelein.

Ein Kränzelein von Rosen,
Ein Kränzelein von Klee;
Zu Frankfurt an der Brücken
Da liegt ein tiefer Schnee.

Der Schnee der ist zerschmolzen,
Das Wasser läuft dahin
In mein's Feinsliebchens Garten,
Dahin steht all mein Sinn.

In mein's Feinsliebchens Garten
Da stehn zwei Bäumelein;
Das eine trägt Muskaten,
Das andre braun' Nägelein.

Muskaten die sind süße,
Braun' Nägelein die sind gut:
Ei so wünsch' ich meinem Herzliebchen
Einen frischen und fröhlichen Muth.

Der Baum im Odenwald.

Es steht ein Baum im Odenwald,
Der hat viel grüne Aest';
Da bin ich schon viel tausendmal
Bei meinem Schatz gewest.

Da sitzt ein schöner Vogel drauf,
Der pfeist gar wunderschön;
Ich und mein Schätzlein lauern auf,
Wenn wir mit'nander gehn.

Der Vogel sitzt in seiner Ruh
Wol auf dem höchsten Zweig;
Und schauen wir dem Vogel zu,
So pfeist er alsogleich.

Der Vogel sitzt in seinem Nest
Wol auf dem grünen Baum;
Ach Schätzlein, bin ich bei dir g'west,
Oder ist es nur ein Traum?

Und als ich wiedrum kam zu dir,
Gehauen war der Baum;
Ein andrer Liebster steht bei ihr —
Wollt' Gott, es wär' ein Traum!

Der Baum der steht im Odenwald,
Und ich bin in der Schweiz;
Da liegt der Schnee und ist so kalt,
Mein Herz es mir zerreißt.

Herzleid.

Da steh i herobn,
Schau abi an' See,
Find' ninderscht mei' Dienerl,
Drum is mir so weh.
I such's in der Nähe,
I such's in der Weit',
Kann's aber nit findn,
Drum hab' i' koa Freud'.

Sonst hat mi Alls ang'lacht,
Sonst hat mi Alls g'freut,
Es war mir koa Berg z' hoch,
Koa Weg war mir z' weit.
Mei Herz war so ruhig,
Mei G'müth war so frei,
Und hätt' i's nie g'segn,
Kunnt's halt no a so sei'.

Und wenn hinter'n Bergna
D' Sunna 'nab geht schö' staat,
Und wenn der ganz Himmel
Mit Sterneln is b'saat,
Da tröpfeln mir d' Augn,
Und i bet' dann zum Herrn:
Wann geht wol mei' Sunn' auf,
Wann leucht' mir mei' Stern?

Die Verlassene.

Wenn i zum Brünnle geh,
Seh andre Mädle steh,
Alle stehn bei ihrem Schatz,
Wer ständ bei mir?

Gestern ist Kirchweih gwe,
Mi hat mer gwiß net g'seh,
Denn mir ist gar so weh,
I tanz ja net.

Mei Mutter mag mi net,
Und kein' Schatz han i net;
Ei warum stirb i net,
Was thu i do?

Wenn i nu g'storbe bin,
Tragt mi zum Kirchhof hin,
Legt mi in's Grab hinei:
  Wer weint um mi?

Laßt die drei Rösle stehn,
Die an dem Kreuzle blühn:
Hent ihr des Mädle kennt,
  Des drunter liegt?

Feinslieb im Grabe.

Nun ade, mein herzlieb Schätzlein!
Jetzt muß ich scheiden von dir
Bis auf den andern Sommer,
Dann komm' ich wieder zu dir.

Und als das Jahr herumme war,
Die Zeit ward mir so lang;
Da mußt' ich wieder nach Hause gehn
Zu meiner Mariann.

Und als ich in die Stube trat,
Vom Schätzlein fieng ich an:
‚Wo ist denn mein Feinsliebchen,
Das ich verlassen hab?‘

„Dein Feinslieb ist gestorben,
Heut ist's der dritte Tag;
Das Trauern und das Weinen
Hat unter die Erd' sie gebracht.“

So will ich auf den Kirchhof gehn
Und suchen Feinsliebs Grab,
Und will so lang ihr rufen,
Bis sie mir Antwort gab.

Und als ich auf den Kirchhof kam,
Den Grabstein schaut' ich an:
‚Ach großer Gott im Himmel,
Ist der denn meiner Mariann?‘

„Ach Schatz, bleib du da draußen!
Hier ist ein finstrer Ort;
Man hört kein Glöcklein läuten,
Man hört kein Vöglein pfeifen,
Man sieht weder Sonn' noch Mond.“

Drittes Buch.

Die schwarzbraune Hexe.

A.

Es blies ein Jäger wol in sein Horn,
Und alles was er blies, das war verlorn.

‚Soll denn mein Blasen verloren sein,
Viel lieber wollt' ich kein Jäger mehr sein.'

Er warf sein Netz wol über den Strauch,
Da sprang ein schwarzbrauns Mädel heraus.

‚Ach schwarzbrauns Mädel, entspring mir nicht!
Ich hab' große Hunde, die holen dich.'

„Deine großen Hunde die thun mir nichts,
Sie wissen meine hohen weiten Sprünge nicht."

‚Deine hohen weiten Sprünge die wissen sie wol,
Sie wissen, daß du heut noch sterben sollst.'

„Und sterb' ich denn, so bin ich todt,
Begräbt man mich unter die Röslein roth.

„Wol unter die Rosen, wol in den Klee,
Darunter vergeh ich ja nimmermeh." —

Es wuchsen drei Lilien auf ihrem Grab;
Da kam ein Reiter, wollt' sie brechen ab.

„Ach Reiter, ach laß die Lilien stahn!
Es soll sie ein jung frischer Jäger han."

B. Der Nachtjäger.

Ich weiß ein' Jäger, der bläst sein Horn
 Alleweil bei der Nacht;
Er bläst das Wild wol aus dem Korn,
 Alleweil, alleweil aus dem Korn,
 Alleweil bei der Nacht.

Wol aus dem Korn, wol in das Holz,
Da begegnet ihm eine Jungfrau stolz.

‚Wo aus, wo ein, du wildes Thier?
Ich bin ein Jäger und fang' dich schier.'

„Bist du ein Jäger, du fängst mich nicht,
Meine hohen Sprünge die kennst du nicht."

‚Deine hohen Sprünge die kenn' ich wol,
Ich weiß schon wie ich's dir stellen soll.'

„Stellst mir's zu hoch, so schlüpf' ich durch,
Stellst mir's zu tief, so spring' ich drüber."

Er warf ihr 's Netz wol um den Fuß,
Und daß die Jungfrau fallen muß.

Er warf ihr 's Netz wol um den Arm,
Da war sie gefangen, daß Gott erbarm!

Er warf ihr 's Netz wol um den Leib,
Da ward sie des jungen Jägers Weib.

Im Walde.

Was kann einen mehr ergetzen,
Als ein schöner grüner Wald,
Wo die Vöglein lieblich schwätzen,
Und des Wildes Aufenthalt?
Fort mit dir, schön's Blumenfeld!
Der Wald ist mein Lustgezelt.

In den Wald hat sich verliebet
Kaiser, König, Fürst und Herr;
Wann mich oft ein Kreuz betrübet,
Dort nehm' ich mein' Labung her:

Der Wald ist mein' Medicin,
Macht mich g'sund, wann ich krank bin.

Kaum thu' ich vom Schlaf erwachen,
Singen mich die Vöglein an,
Mir ein schönes Hofrecht machen,
Jedes rufet sein Gespan;
Musicieren mir so lang,
Bis ich was von Wildbret fang'.

Wann die heißen Sonnenstrahlen
So ermatten alle Thier,
Daß vor Hitz' sie niederfallen,
Da gibt mir der Wald Quartier,
Deckt mich zu mit Laub und Aest',
Daß ich ruh auf's allerbest'.

Wann ich seh die Rehlein scherzen
Und die Hirschlein Paar für Paar,
So gefällt es mir von Herzen,
Wann ich diese liebe Schaar
Springen seh' bald da, bald dort,
Bald stehn still, bald laufen fort.

Kommt ein Has' und thut mich sehen,
Ist es meine größte Freud',
Er vor Schrecken still bleibt stehen,
Als wär's schon sein' letzte Zeit;

Er kehrt um, salviert sich bald
Wiedrum in den dicken Wald.

Thut der list'ge Fuchs mich spüren,
Wenn ich rausche in dem Laub,
Thut er nur mein Schnaufen hören,
Macht er gleich sich aus dem Staub;
Er macht bei sich diesen Schluß:
Weit davon ist gut vor'm Schuß.

Alle Thierlein mir zu Ehren,
So nur in dem Waldrevier,
Grüßen mich als ihren Herren,
Kommen Paar und Paar zu mir
Und bedienen mich so g'schwind,
Trotz dem stolzen Hofgesind.

In dem Wald will ich verbleiben,
Weil ich leb' auf dieser Erd';
Dem Wald thu ich mich verschreiben,
Nun ade, du schnöde Welt!
Ich verbleib' allzeit im Wald,
Bis die Welt zusammenfällt.

Der Jäger.

Der Jäger in dem grünen Wald
Muß suchen seinen Aufenthalt.
Er gieng im Wald wol hin und her,
Ob auch nichts anzutreffen wär'.

Mein Hündelein ist stets bei mir
In diesem grünen Laubrevier;
Mein Hündlein wacht, mein Herz das lacht,
Meine Augen leuchten hin und her.

Da ruft mir eine Stimme zu:
‚Wo bist denn du, wo bist denn du?‘
„Wie kommst du in den Wald hinein,
Du strahlenaugig Mägdelein?“

‚Dich aufzuspüren bin ich hier
In diesem grünen Laubrevier;
Ich gieng im Wald wol hin und her,
Ob auch kein Jäger drinnen wär.‘

Ich küßte sie ganz herzelich
Und sprach: „Fürwahr, du bist für mich!
Bleib du bei mir als Jägerin
So lang als ich auf Erden bin!

„Allein sollst du nicht wandeln hier
In diesem grünen Laubrevier;
So lang die Welt zusammenhält,
Sind wir zusammen in der Welt!“

Der Jäger und das Mädchen.

Es gieng ein Jäger jagen
Wol in das Tannenholz.
Was begegnet ihm auf dem Wege?
Ein Mädchen das war stolz.

‚Wohin, du Hübsch' und Feine?
Wohin, du Mädchen stolz?'
„Ich geh' zu meinem Vater
Wol in das Tannenholz."

‚Gehst du zu deinem Vater
Wol in das Tannenholz,
Dein' Ehr' die sollst du lassen
Bei einem Jäger stolz!'

„Eh' ich mein' Ehr' wollt' lassen
Bei einem Jäger stolz,
Viel lieber will ich meiden
Das grüne Tannenholz."

Was zog er von sei'm Finger?
Von Gold ein Ringelein:
‚Sieh da, du Hübsch' und Feine,
Das soll dein Denkmal sein.'

„Was soll ich mit dem Ringelein,
Wenn du mein nicht werden sollst?"
‚Leg du's in deinen Kasten,
Wol in das Tannenholz!'

„Der Kasten ist verschlossen,
Der Schlüssel ist verlorn:
Ich hab' in meinem Herzen
Ein' Andern auserkorn."

‚Hast du in deinem Herzen
Ein' Andern auserkorn,
Ei so mag sich Gott erbarmen,
Da bin ich ganz verlorn!'

Der Jäger aus Kurpfalz.

Ein Jäger aus Kurpfalz
Der reitet durch den grünen Wald,
Er schießt das Wildbret her
Gleich wie es ihm gefallt.
    Ju, ja ju —
Ja lustig ist die Jägerei
Allhier auf grüner Heid!

Auf, sattelt mir mein Pferd
Und legt darauf den Mantelsack,

So reit' ich weit umher
Als Jäger aus Kurpfalz.
Ju, ja ju —
Ja lustig ist die Jägerei
Allhier auf grüner Heid!

Hubertus auf der Jagd
Der schoß ein'n Hirsch und einen Has';
Er traf ein Mägdlein an
Und das war achtzehn Jahr'.
Ju, ja ju —
Ja lustig ist die Jägerei
Allhier auf grüner Heid!

Des Jägers seine Lust
Die hat der Herr noch nicht gewußt,
Wie man das Wildbret schießt,
Man schießt es in die Bein',
Ju, ja ju —
Da muß das Thier getroffen sein
Allhier auf grüner Heid.

Jetzt geh' ich nicht mehr heim,
Bis daß der Kuckuk Kuckuk schreit,
Er schreit die ganze Nacht,
Hab' mich zu mei'm Schatz g'macht,
Ju, ja ju —
Und bleib bei ihr die ganze Nacht,
Bis daß der Kuckuk schreit.

Der verschlafene Jäger.

Es wollt' ein Jäger jagen
Dreiviertel Stund vor Tagen
Wol in dem grünen Wald.

Was begegnet ihm auf der Heide?
Ein Mädchen im weißen Kleide,
Die war so wunderschön.

Er thät das Mädchen wol fragen,
Ob sie ihm wollt' helfen jagen
Ein Hirschlein oder ein Reh.

‚Ei helfen jagen vermag ich nicht;
Ein ander Vergnügen versag' ich nicht,
Es sei auch was es sei.'

Sie setzten sich beide zusammen
Und thäten einander umfangen,
Bis daß der Tag anbrach.

‚Steh auf, du fauler Jäger!
Die Sonne scheint über die Thäler,
Ein Fräulein bin ich noch.'

Das thät den Jäger verdrießen;
Er wollte das Mädchen erschießen,
Daß sie so reden thät.

Sie fiel dem Jäger zu Füßen,
Er sollt' sie doch nicht erschießen,
Er sollt' ihr verzeihen dies Wort.

Der Jäger der thät sich bedenken,
Er wollte das Leben ihr schenken
Bis auf ein ander Mal.

Sie thät den Jäger wol fragen,
Ob sie grün Kränzlein dürft' tragen
Auf ihrem goldgelben Haar.

„Grün Kränzlein sollst du nicht tragen,
Weiß Häublein sollst du aufhaben
Wie andre jung Jägersfraun auch.“

‚Jetzt laß' ich mein Härlein fliegen,
Ein' braven Burschen zu kriegen,
Dem Jäger zu Schand und Spott.‘

Wär' ich ein Knab geboren.

Es gieng ein Mädchen grasen,
Wollt' holen grünes Gras;
Da ritt ihr alle Morgen
Ein stolzer Reiter nach.

Der Reiter breit't sein' Mantel
Wol auf das grüne Gras,
Und bat das schwarzbraun' Mädchen,
Bis daß sie zu ihm saß.

‚Was soll ich denn hier sitzen?
Ich hab' ja noch kein Gras;
Ich hab' eine schlimme Mutter,
Die schlägt mich alle Tag.'

„Hast du eine schlimme Mutter,
Die dich schlägt alle Tag,
So sag, du hättst dir geschnitten
Den halben Finger ab!"

‚Ei soll ich denn nun lügen?
Das steht mir gar nicht an;
Viel lieber will ich sagen:
Der Reiter will mich han.'

‚Ach Mutter, liebe Mutter,
Gebt ihr mir einen Rath:
Es geht mir alle Morgen
Ein stolzer Reiter nach.'

„Ach Tochter, liebe Tochter,
Den Rath den geb' ich dir:
Laß du den Reiter fahren,
Bleib noch das Jahr bei mir!"

‚Ach Mutter, liebe Mutter,
Der Rath der ist nicht gut;
Der Reiter ist mir lieber
Als all eu'r Hab und Gut.'

„Ist dir der Reiter lieber
Als all mein Hab und Gut,
So pack' deine Kleider zusammen
Und lauf dem Reiter zu!"

‚Ach Mutter, liebe Mutter,
Der Kleider sind nicht viel;
Gebt ihr mir tausend Thaler,
So kauf' ich was ich will.'

„Ach Tochter, liebe Tochter,
Der Thaler sind nicht viel:
Dein Vater hat's all verrauschet
Im Würfel- und Kartenspiel."

‚Hat sie mein Vater verrauschet
Im Würfel- und Kartenspiel,
So sei es Gott geklaget,
Daß ich ein Mädchen bin!

‚Wär' ich ein Knab geboren,
So zög' ich mit in's Feld;
Die Trommel wollt' ich schlagen
Dem Kaiser für sein Geld.'

Der Rekrut.

Brüder, Brüder, jetzt geht's in den Krieg;
Wer kann sagen was da geschieht?
Wer kann den Tag erforschen, :
Wann wir kommen wieder heim?

‚Vater, Vater, ich bin euer Sohn,
Helfet mir mit Geld davon;
Helfet mir mit Gut oder Geld,
Daß ich nicht darf ziehn in's Feld,
Darf bleiben hier!‘

„Ei du mein lieber Sohn,
Ich will dir helfen schon,
Will dir geben Gut oder Geld,
Daß du nicht darfst ziehn in's Feld,
Darfst bleiben hier.“

‚Vater, Vater, das ist schon ein Wort,
Aber ich muß dennoch fort;
Denn wer wird nehmen dieses Geld
Und für mich ziehn in's Feld,
Und mich lassen hier?‘ —

Ach Gott, wie ist der Himmel so roth,
Rosenroth wie eine Glut!
Das bedeut't Soldatenblut; :
Ach, erbarm' sich Gott!

Jetzt reisen wir zum Thor hinaus:
Vater und Mutter einen Gruß nach Haus!
Wann kommen wir wiedrum zusammen? :
Wol in der Ewigkeit.

Frisch auf, Soldatenblut!

Frisch auf, Soldatenblut,
Faßt einen frischen Muth

Und laßt euch nicht erschüttern,
Wenn die Kanonen wittern;
Schlaget nur tapfer drein,
Ich will der Vordre sein.

Die Trommel rühret sich,
Ihr Klang ist fürchterlich;
Man sieht schier keinen Boden
Vor Sterbenden und Todten;
Da liegt ein Fuß, ein Arm,
Ach, daß es Gott erbarm!

Wie mancher ist gestürzt
Und ganz mit Blut bespritzt;
Er faltet seine Hände
Und denket an sein Ende;
Sein Lauf ist nun vollbracht:
Ach Jüngling, gute Nacht!

Wie manche junge Braut
Die weinet überlaut;
Den sie so treu thät lieben,
Ist in der Schlacht geblieben;
Sein Lauf ist nun vollbracht:
Ach Jüngling, gute Nacht!

Der unerbittliche Hauptmann.

O Straßburg, o Straßburg,
Du wunderschöne Stadt,
Darinnen liegt begraben
So mancher Soldat.

So mancher und schöner
Auch tapferer Soldat,
Der Vater und lieb Mutter
Böslich verlassen hat.

Verlassen, verlassen,
Es kann nicht anders sein!
Zu Straßburg, ja zu Straßburg
Soldaten müssen sein.

Sie haben mich geworben
Mit lauter falscher List,
Daß Vater und lieb Mutter
So traurig darüber ist.

Der Vater, die Mutter
Die giengen vor's Hauptmanns Haus:
‚Ach Hauptmann, lieber Herr Hauptmann,
Gebt mir meinen Sohn heraus!

‚Ich will euch ja geben
Mein ganzes halbes Gut,
Wenn ihr meinen Sohn laßt ziehen,
Das junge junge Blut.‘

„Euern Sohn kann ich nicht geben
Für noch so vieles Geld;
Euer Sohn der muß marschieren
In's weit und breite Feld.

„In's weite, in's breite
Und auch noch vor den Feind,
Wenn gleich sein schwarzbrauns Mädchen
So bitter um ihn weint.“

Sie weinet, sie greinet,
Sie klaget also sehr:
„‚Ade, Herzallerliebster!
Wir sehn uns nimmermehr.‘“

Zu Strassburg auf der Schanz.

Zu Straßburg auf der Schanz
Da gieng mein Trauern an;
Das Alphorn hört' ich drüben wol anstimmen,
In's Vaterland mußt' ich hinüber schwimmen:
Das gieng nicht an.

Ein' Stund' in der Nacht
Sie haben mich gebracht;
Sie führten mich gleich vor des Hauptmanns Haus,
Ach Gott, sie fischten mich im Strome auf:
Mit mir ist's aus!

Früh Morgens um zehn Uhr
Stellt' man mich dem Regimente vor;
Ich soll da bitten um Pardon,
Und ich bekomm' gewiß doch meinen Lohn,
Das weiß ich schon.

Ihr Brüder allzumal,
Heut seht ihr mich zum letzten Mal;
Der Hirtenbub ist doch nur Schuld daran,
Das Alphorn hat mir solches angethan,
Das klag' ich an.

Ihr Brüder alle drei,
Was ich euch bitt', erschießt mich gleich;
Verschont mein junges Leben nicht,
Schießt zu, auf daß das Blut 'raus spritzt,
Das bitt' ich euch.

O Himmelskönig, Herr,
Nimm du mein' arme Seel' dahin,
Nimm sie zu dir in den Himmel ein,
Laß sie ewig bei dir sein,
Und vergiß nicht mein!

Soldatenliebe.

‚Kamerad, ich bin geschossen,
Eine Kugel hat mich getroffen;
Führe mich in mein Quartier,
Daß ich gleich werd' verbunden hier!‘

„Kamerad, ich kann dir nicht helfen;
Helf' dir der liebe Gott selber,
Helf' dir der liebe Gott!
Morgen früh marschieren wir fort." —

„Morgen früh um halber viere
Da müssen wir Soldaten marschieren,
Marschieren zum Thor hinaus;
Schönster Schatz, komm zu mir heraus!"

‚Ich darf hinab nicht kommen,
Es gibt viel falsche Zungen,
Die mir abschneiden meine Ehr',
Selber haben sie keine mehr.'

„Thun sie dir die Ehr' abschneiden,
Mußt du's geduldig leiden;
Halte dich nur ehrlich und fromm,
Schönster Schatz, bis ich wieder komm'!"

‚Wann wirst du denn wieder kommen,
Im Winter oder im Sommer?
Sage mir so Tag wie Stund,
Schönster Schatz, wann du wieder kommst!'

„Tag und Stund kann ich dir nicht sagen,
Wir hören keine Glocke mehr schlagen;
Denn wir stehn im weiten Feld
Und dienen um des Kaisers sein Geld.

„Wenn ich auch wieder heim käme,
Ich kann dich feins Mädel nicht nehmen;
Mache dir kein Aeuglein naß!
Schönster Schatz, was hülfe dir das?"

Prinz Eugen vor Belgrad.

Prinz Eugenius, der edle Ritter,
Wollt' dem Kaiser wiedrum kriegen
Stadt und Festung Belgerad;
Er ließ schlagen eine Brucken,
Daß man kunnt hinüber rucken
Mit der Armee wol für die Stadt.

Als die Brucken nun war geschlagen,
Daß man kunnt mit Stuck und Wagen
Frei passiern den Donaufluß:
Bei Semlin schlug man das Lager,
Alle Türken zu verjagen
Ihn'n zum Spott und zum Verdruß.

Am einundzwanzigsten August so eben
Kam ein Spion bei Sturm und Regen,
Schwur's dem Prinzen und zeigt's ihm an,
Daß die Türken futragieren,
So viel als man kunnt verspüren,
An die dreimalhunderttausend Mann.

Als Prinz Eugenius dies vernommen,
Ließ er gleich zusammen kommen
Sein' General und Feldmarschall;
Er thät sie recht instrugieren,
Wie man sollt' die Truppen führen
Und den Feind recht greifen an.

Bei der Parole thät er befehlen,
Daß man sollt' die Zwölfe zählen
Bei der Uhr um Mitternacht;
Da sollt' All's zu Pferd aufsitzen,
Mit dem Feinde zu scharmützen,
Was zum Streit nur hätte Kraft.

Alles saß auch gleich zu Pferde,
Jeder griff nach seinem Schwerte,
Ganz still ruckt man aus der Schanz;
Die Musketier wie auch die Reiter
Thäten alle tapfer streiten:
Es war fürwahr ein schöner Tanz!

‚Ihr Konstabler auf der Schanzen,
Spielet auf zu diesem Tanzen
Mit Kartaunen groß und klein,
Mit den großen, mit den kleinen
Auf die Türken, auf die Heiden,
Daß sie laufen all davon!‘

Prinz Eugenius wol auf der Rechten
Thät als wie ein Löwe fechten
Als General und Feldmarschall;
Prinz Ludwig ritt auf und nieder:
‚Halt't euch brav, ihr deutschen Brüder,
Greift den Feind nur herzhaft an!‘

Prinz Ludwig der mußt' aufgeben
Seinen Geist und junges Leben,
Ward getroffen von dem Blei;
Prinz Eugenius ward sehr betrübet,
Weil er ihn so sehr geliebet,
Ließ ihn bringen nach Peterwardein.

Der Handwerksgesellen Wanderlied.

Steh nur auf, steh nur auf, junger Handwerksgesell,
Die Zeit hast du verschlafen;
Die Vöglein singen im grünen Wald,
Der Fuhrmann thut schon fahren.

Ei was scher' ich mich um der Vöglein Gesang
Und um des Fuhrmanns Fahren!
Ich bin ein junger Handwerksgesell,
Muß reisen fremde Straßen.

In Preußen liegt eine wunderschöne Stadt,
Berlin thut man sie heißen;
Berlin das ist uns wol bekannt,
Da wollen wir jetzt hin reisen.

Und als wir kamen vor das Potsdamer Thor,
Thäten wir die Schildwach fragen,
Allwo der Gesellen ihre Herberg wär',
Das sollte sie uns sagen.

Auf der Kuchelberger Gaß, am Braunschweiger Haus,
Da sollten wir einkehren,
Da sollten wir nach Handwerksgebrauch
Den Herbergsvater ehren.

„Seid willkommen, willkommen, ihr Söhne mein!
Da steht eine Kann' mit Weine,
Und sollt' euer Sinn nach Arbeit stehn,
So schenk' ich auch noch eine."

Zur Arbeit sind wir gleich bereit
Und auch die Jungfern zu küssen;
Denn wer brav arbeit' seine Zeit,
Will auch hübsche Mädchen nicht missen.

Schneiders Höllenfahrt.

Es wollt' ein Schneider wandern
Am Montag in der Fruh;
Begegnet ihm der Teufel,
Hatt' weder Strümpf' noch Schuh.
‚Hehe, du Schneiderg'sell!
Du mußt mit mir in d' Höll;
Du mußt uns Teufel kleiden,
Es gehe wie es wöll'.'

Sobald der Schneider in d' Höll 'nein kam,
Nahm er sein' Ellenstab,
Er schlug den Teufeln die Buckel voll,
Die Höll' wol auf und ab.

‚Hehe, du Schneiderg'sell,
Mußt wieder aus der Höll!
Wir brauchen nicht das Messen,
Es gehe wie es wöll'.'

Nachdem er all' gemessen hatt',
Nahm er sein' lange Scheer
Und stutzt' den Teufeln d' Schwänzeln ab
Sie hupften hin und her.
‚Hehe, du Schneiderg'sell,
Pack' dich nur aus der Höll!
Wir brauchen nicht das Stutzen,
Es gehe wie es wöll'.'

Da zog er 's Bügeleisen 'raus
Und warf's in's Höllenfeu'r;
Er strich den Teufeln die Falten aus,
Sie schrieen ungeheu'r:
‚Hehe, du Schneiderg'sell,
Geh du nur aus der Höll!
Wir brauchen nicht das Bügeln,
Es geh' halt wie es wöll'.'

Er nahm den Pfriemen aus dem Sack
Und stach sie in die Köpf';
Er sagt': Halt still, ich bin schon da,
So setzt man bei uns die Knöpf'.
‚Hehe, du Schneiderg'sell,
Geh einmal aus der Höll!

Wir brauchen keine Kleider,
Es gehe wie es wöll'.'

Drauf nahm er Nadel und Fingerhut
Und fieng zu stechen an;
Er näht den Teufeln d' Nasen zu,
So eng er immer kann.
„Hehe, du Schneiderg'sell,
Pack' dich nur aus der Höll!
Wir können nimmer schnaufen,
Es geh' nun wie es wöll'.'

Darauf fängt er zu schneiden an,
Das Ding hat ziemlich brennt,
Er hat den Teufeln mit Gewalt
Die Ohren abgetrennt.
„Hehe, du Schneiderg'sell,
Marschier' nur aus der Höll!
Sonst brauchen wir den Bader,
Es geh' nun wie es wöll'.'

Nach diesem kam der Lucifer
Und sagt: ‚Es ist ein Graus!
Kein Teufel hat kein' Wedel mehr,
Jagt ihn zur Höll hinaus!
Hehe, du Schneiderg'sell,
Pack' dich nur aus der Höll!
Wir brauchen keine Kleider,
Es geh' halt wie es wöll'.'

Nachdem er nun hatt' aufgepackt,
Da war ihm erst recht wohl;
Er hüpft und springet unverzagt,
Lacht sich den Buckel voll;
Gieng eilends aus der Höll
Und blieb ein Schneiderg'sell.
Drum holt der Teufel kein' Schneider mehr,
Er stehl' so viel er wöll'.

Die Spinnerin.

Spinn, spinn, meine liebe Tochter!
Ich kauf' dir ein Paar Schuh.
„Ach ja, meine liebe Mutter,
Auch Schnallen dazu.
Ich kann ja nicht spinnen,
Es schmerzt mich mein Finger
Und thut mir so weh."

Spinn, spinn, meine liebe Tochter!
Ich kauf' dir ein Paar Strümpf.
„Ach ja, meine liebe Mutter,
Schöne Zwickeln darin.

Ich kann ja nicht spinnen,
Es schmerzt mich mein Finger
Und thut mir so weh."

Spinn, spinn, meine liebe Tochter!
Ich kauf' dir ein neues Kleid.
„Ach ja, meine liebe Mutter,
Nicht zu eng und nicht zu weit.
Ich kann ja nicht spinnen,
Es schmerzt mich mein Finger
Und thut mir so weh."

Spinn, spinn, meine liebe Tochter!
Ich kauf' dir einen Mann.
„Ach ja, meine liebe Mutter,
Der steht mir wohl an.
Nun kann ich schon spinnen,
Es schmerzt mich kein Finger
Und thut mir nicht weh."

Fuhrmannslied.

Bin i net a lustiger Fuhrmannsbue,
Bin i net a lustiger Bue!
Fahr' Stadtl aus, Stadtl ein,
Schau'n mir die Leut alle zue.

Fahr' i am Morgen zum Stadtthor 'naus,
Lang eh' die Sonne aufgeht,
Bin i über Berg und Thal,
Lang eh' mein Madel aufsteht.

Fahr' in der Fruh auf der Straßen hin
Zwischen die Tannen im Wald —
Ah, was is des für a Freud',
Was da des Schnalzen schön hallt!

Was da die Vögerln schön singen thun,
Was da die Blümeln schön blühn,
Was da die Hirsch und Reh
Ueber die Straßen hinziehn!

Und wenn am Mittag die Sonn' anhitzt,
Schmeckt mir a Trunk frisch und kalt;
Bin überall daheim,
Wo i die Rösseln anhalt'.

Fahr' i im Zwielicht am Wirthshaus an,
Spann' i d' Gäul aus und kehr' ein;
Iß mein Sach, leg' mi in's Bett,
Denk' an mein' Schatz und schlaf' ein.

Triff i im Wirthshaus Kameraden an,
Setzn wir uns z'samm, zwei und drei,
Discuriern von allerhand —
'S is gar kein' Gsellschaft so frei.

Hör' i den Hahnschrei wol in der Fruh,
Reib' i mir d' Augn und steh' auf:
„Wirthshausleut, seid's bei der Hand!
Der Tag bricht an, die Sonne kommt 'rauf.

‚Hausknecht, spann meine sechs Rapperln ein!
Kellnerin, trag außi mein Hut!
Jetzt müssen wir wieder weiter fahrn,
'S Dableibn thut einmal kein gut.

‚B'hüt di Gott, Kellnerin, aufs nächste Mal!'
„B'hüt di Gott, du herzlieber Bue!
Bleib fein net gar z'lang aus,
Kehr' fein bald wiederum zue!"

Fuhrmannsbue bin i schon fünfthalb Jahr,
Fuhrmannsbue bleib i no lang;
Kann wol sein, daß i stirb,
Eh' i was Anders anfang'.

Ammen-Uhr.

Der Mond der scheint,
Das Kindlein weint;
Die Glock' schlägt zwölf,
Daß Gott doch allen Kranken helf'!

Gott Alles weiß,
Das Mäuslein beißt;
Die Glock' schlägt ein,
Der Traum spielt auf dem Kissen dein.

Das Nönnchen läut'
Zur Mettenzeit;
Die Glock' schlägt zwei,
Sie gehn in's Chor in einer Reih'.

Der Wind der weht,
Der Hahn der kräht;
Die Glock' schlägt drei,
Der Fuhrmann hebt sich von der Streu.

Der Gaul der scharrt,
Die Stallthür knarrt;
Die Glock' schlägt vier,
Der Kutscher siebt den Haber schier.

Die Schwalbe lacht,
Die Sonn' erwacht;
Die Glock' schlägt fünf,
Der Wandrer macht sich auf die Strümpf'.

Das Huhn gagakt,
Die Ente quakt;
Die Glock' schlägt sechs,
Steh auf, steh auf, du faule Hex!

Zum Bäcker lauf,
Ein Wecklein kauf;
Die Glock' schlägt sieben,
Die Milch thu an das Feuer schieben!

Thu Butter 'nein
Und Zucker fein;
Die Glock' schlägt acht:
Geschwind dem Kind die Supp' gebracht!

Nachtwächterlied.

Hört ihr Herrn und laßt euch sagen:
Unsre Glock' hat zehn geschlagen.
Zehn Gebote setzt' Gott ein;
Ach laßt uns gehorsam sein!
Menschenwachen wird nichts nützen,
Gott muß wachen, Gott muß schützen.
Herr, durch deine Huld und Macht
Gib uns eine gute Nacht!

Hört ihr Herrn und laßt euch sagen:
Unsre Glock' hat eilf geschlagen.
Nur eilf Jünger blieben treu;
Gib, daß gar kein Abfall sei!

Hört ihr Herrn und laßt euch sagen:
Unsre Glock' hat zwölf geschlagen.
Zwölf das ist das Ziel der Zeit;
Mensch, bedenk die Ewigkeit!

Hört ihr Herrn und laßt euch sagen:
Unsre Glock' hat eins geschlagen.
Eins ist Noth; du treuer Gott,
Gib uns einen seligen Tod!

Hört ihr Herrn und laßt euch sagen:
Unsre Glock' hat zwei geschlagen.
Zwei Weg' hat der Mensch vor sich:
Herr, den schmalen führe mich!

Hört ihr Herrn und laßt euch sagen:
Unsre Glock' hat drei geschlagen.
Drei ist eins was göttlich heißt,
Vater, Sohn und heiliger Geist.

Hört ihr Herrn und laßt euch sagen:
Unsre Glock' hat vier geschlagen.
Vierfach ist das Ackerfeld;
Mensch, wie ist dein Herz bestellt?
Auf, ermuntert eure Sinnen!
Denn es weicht die Nacht von hinnen.
Danket Gott, der uns die Nacht
Hat so väterlich bewacht!

Die arme Seele.

Es sangen drei Engel einen süßen Gesang,
Sie sangen, daß es Gott in dem Himmel erklang.

Und als der Herr Jesus gieng den Oelberg hinauf,
Da weckt' er seine schlafenden Jüngerlein auf:

‚Steht auf, steht auf, betet alle mit mir!
Mein' Zeiten und Stunden sind kommen herfür.'

Und als der Herr Jesus zu Tische saß,
Mit seinen zwölf Jüngern das Abendmahl aß,

Judas der Verräther war auch dabei,
Der unsers Herrn Jesu sein Verräther wollt' sein.

Er verrieth ihn hinunter bis in den Tod,
Bis daß der Herr Jesus sein Leben beschloß.

Und als er nun kam vor die himmlische Thür,
Da stund eine arme Seele, schaut traurig herfür.

‚Arme Seele, arme Seele, was weinst du so sehr?'
Wenn ich dich anschaue, so wein' ich viel mehr.

‚Arme Seele, arme Seele, was hast du für Noth?'
Ich hab' ja übertreten die zehn Gebot.

‚Hast du sie übertreten die zehn Gebot,
Knie nieder, knie nieder und bete zu Gott!

‚Und bete zu Gott wol mit allem Fleiß,
So werden dir all' deine Kleider schneeweiß.

‚So rein und so weiß, ja so weiß wie der Schnee,
Und so wolln wir miteinander in das Himmelreich eingehn.

‚In das Himmelreich, in das Himmelreich, in das himm-
lisch Paradies,
Wo Gott Vater, Gott Sohn und Gott heil'ger Geist ist.

‚In die ewige Freud, in die selige Statt,
Die immer und ewig kein Ende mehr hat.'

Im Himmel, im Himmel sind der Freuden so viel,
Da sitzen die Engel und halten ihr Spiel.

Sie sangen dem Herrn einen Lobgesang,
Daß es mit Freuden im Himmel erklang.

Das Leiden des Herrn.

Als Christ der Herr in' Garten gieng
Und ihm sein bittres Leiden anfieng,
Da trauert' Laub und grünes Gras,
Weil Judas sein Verräther was.

Da kamen die falschen Juden gegangen,
Sie nahmen den Herrn im Garten gefangen;
Sie haben ihn gegeißelt und gekrönt,
Sein' heilgen Leichnam gar verhöhnt.

Sie führten ihn in des Richters Haus,
Mit scharfen Streichen wiedrum 'raus;
Sie schlugen ihn an ein hohes Kreuz,
Maria war voll Herzeleid.

Maria hört' ein Hämmerlein klingen:
‚Ach weh, ach weh! mein's lieben Kinds!
Ach weh, ach weh! mein's Herzen ein Kron,
Mein Kind will mich verlassen schon!'

Da kam ein blinder Jud' gerannt,
Der führt' ein Speer in seiner Hand;
Er führt's so stark in seiner Faust,
Stach Jesu seine Seiten auf.

Maria kam unter das Kreuz gegangen,
Sie sah ihr liebes Kind da hangen
An einem Kreuz, war ihr nicht lieb;
Maria war ihr Herz betrübt.

„Johannes, liebster Jünger mein,
Laß dir mein' Mutter befohlen sein!
Nimm's bei der Hand, führ's weit hindann,
Daß sie nicht sieht mein' Marter an!"

‚Ach Herr, das will ich gerne thun,
Ich will sie führen weit davon;
Ich will sie trösten also wol,
Wie ein Kind sein' Mutter trösten soll.'

Er nahm sie bei der rechten Hand,
Er führt' sie weit vom Kreuz hindann,
Weit von dem Kreuz, war ihr nicht lieb;
Maria war ihr Herz betrübt.

‚Nun bieg dich, Baum! nun bieg dich, Ast!
Mein Kind hat weder Ruh noch Rast;
Nun bieg dich, Laub und grünes Gras!
Laßt euch zu Herzen gehen das!'

Die hohen Bäum' die bogen sich,
Die harten Felsen zerkloben sich,
Die Sonn' verlor ihr'n klaren Schein,
Die Vögel ließen ihr Rufen sein.

Die Wolken schrieen Weh und Ach,
Die Felsen gaben einen Krach;
Die Gräber öffneten die Thür,
Die Todten kamen all' herfür. —

Nun merket auf, ihr Frau'n und Mann!
Und wer dies Liedlein singen kann,
Der sing' es Tages nur einmal;
Sein' Seel' wird kommen in's Himmels Saal.

Mariä Wallfahrt.

Maria die wollt' wandern,
Wollt' alle Land ausgehn,
Wollt' suchen ihren Sohn.

Was begegnet' ihr auf der Reise?
Sanct Petrus der heilige Mann,
Ganz traurig schaut's ihn an.

‚Habt ihr denn nicht gesehen
Mein' allerliebsten Sohn,
Den ich verloren han?'

„Wol hab' ich ihn gesehen
Vor einem Judenhaus,
Ganz traurig sah er aus."

Was trug er auf sei'm Haupte?
Von Dornen eine Kron',
Das Kreuz das trug er schon.

Das Kreuz das mußt' er tragen
Bis an dieselbige Statt,
Da er gemartert ward.

Maria die stund auch dabei
Und weint' ganz bitterlich
Um ihren Jesum Christ.

‚Maria, laß das Weinen!
Die Marter die sind klein,
Das Himmelreich ist mein.'

Auf den heiligen Berg!

Ihr Christen groß und klein,
Kommt, stellt euch alle ein
Auf dem heiligen Berg!
  Mein' Leib und auch mein' Seel',
  Maria, ich dir befehl'
  Auf dem heiligen Berg!

Ihr blind' und lahme Leut',
Ihr findet Trost und Freud'
Auf dem heiligen Berg!
Mein' Leib und auch mein' Seel',
Maria, ich dir befehl'
Auf dem heiligen Berg!

Ihr Wittwen und Waiselein,
Kommt, stellt euch alle ein
Auf dem heiligen Berg!
Mein' Leib und auch mein' Seel',
Maria, ich dir befehl'
Auf dem heiligen Berg!

Tragt eure Sünden schwer
Mit Reu und Leid daher
Auf den heiligen Berg!
Mein' Leib und auch mein' Seel',
Maria, ich dir befehl'
Auf dem heiligen Berg!

Seid ihr in Kreuz und Leid,
In Angst und Traurigkeit:
Auf den heiligen Berg!
Mein' Leib und auch mein' Seel',
Maria, ich dir befehl'
Auf dem heiligen Berg!

Schreit ihr vor großer Noth,
Wann ihr ringt mit dem Tod:
Auf den heiligen Berg!
Mein Leib' und auch mein' Seel',
Maria, ich dir befehl'
Auf dem heiligen Berg!

Dies ist mein' letzte Bitt',
Maria, abschlag es nit
Auf dem heiligen Berg!
Mein' Leib und auch mein' Seel',
Maria, ich dir befehl'
Auf dem heiligen Berg!

Schnitter Tod.

Es ist ein Schnitter, der heißt Tod,
Hat Gewalt vom großen Gott;
Heut wetzt er das Messer,
Es schneidt schon viel besser,
Bald wird er drein schneiden,
Wir müssen's nur leiden.
Hüte dich, schön's Blümelein!

Was heut noch grün und frisch dasteht,
Wird morgen schon hinweggemäht:

Die edle Narcissen,
Die englische Schlüssel,
Die schön' Hyazinthen,
Die türkischen Binden.
Hüte dich, schön's Blümelein!

Viel hundert tausend ungezählt,
Was noch unter die Sichel fällt:
Roth Rosen, weiß Liljen,
Beid' wird er austilgen;
Auch euch Kaiserkronen
Wird er nicht verschonen.
Hüte dich, schön's Blümelein!

Das himmelfarbe Ehrenpreis,
Die Tulipanen gelb und weiß,
Die silbernen Glöckchen,
Die güldenen Flöckchen,
Sinkt alles zur Erden,
Was wird nur draus werden?
Hüte dich, schön's Blümelein!

Ihr hübsch Lavendel, Rosmarein,
Ihr vielfarbigen Röselein,
Ihr stolzen Schwertliljen,
Ihr krausen Basiljen,
Ihr zarten Violen,
Er wird euch bald holen.
Hüte dich, schön's Blümelein!

Aus Seiden ist der Fingerhut,
Aus Sammet ist das Wohlgemuth;
Noch ist er so blind,
Nimmt, was er nur findt,
Kein Sammet, kein' Seiden
Mag ihn vermeiden.
Hüte dich, schön's Blümelein!

Trotz! Tod, komm her, ich fürcht dich nit,
Trotz! eil daher in einem Schritt.
Werd' ich auch verletzet,
So werd' ich versetzet
In den himmlischen Garten,
Auf den alle wir warten.
Freue dich, schön's Blümelein!

Inhalts-Übersicht

Überschriften / Liederanfänge	Illustriert von	Seite
17. **Die unbarmherzige Schwester**		
Es waren einmal zwei Schwestern	Thumann	56
18. **Das erlaubte Tänzchen**		
Zwei Schwestern starben an einem Tag	Thumann	59
19. **Die Macht der Thränen**		
Es kam von einer Neustadt her	Thumann	62
20. **St. Katharina**		
Es war von Rom ein Kaiser	Thumann	64
21. **Sehnsucht**		
Wenn ich ein Vöglein wär	Richter	69
22. **Treue Liebe**		
Ach wie wär's möglich dann	v. Piloty	71
23. **Mein eigen soll sie sein**		
Auf Trauern folgt groß' Freud'	Grünenwald	73
24. **Heimliche Liebe**		
Kein Feuer, keine Kohle etc.	Richter	75
25. **Zuversicht**		
Ich habe mir Eines erwählet	Richter	77
26. **Liebesscherz**		
Wo e kleins Hüttle steht	Richter	79
27. **Tanzliedchen**		
Bin i net e Bürschle	Richter	81
28. **Tanzreime, Schelmenliedchen etc.**		
Mei Schätzle is hübsch	Richter	83
29. **Mei Dinei**		
I woaß a schöni Glockn	Richter	87
30. **Im Wald bei der Amsel**		
Gestern Abend in der stillen Ruh	Richter	89
31. **Augentrost**		
Ach schönster Schatz, mein Augentrost	Thumann	91
32. **Tritt zu!**		
Wenn alle Brünnlein fließen	Grünenwald	93
33. **Den Leuten zum Trutz**		
Wo ist denn das Mädchen etc.	Richter	95

Überschriften / Liederanfänge	Illustriert von	Seite
34. **Treue Liebe** Warum bist du denn so traurig?	Grünenwald	97
35. **Müllers Abschied** Da droben auf jenem Berge	Richter	99
36. **Drei Reiter am Thor** Es ritten drei Reiter zum Thore hinaus	Richter	102
37. **Abschied** Muß i denn, muß i denn zum Städtele	Richter	105
38. **Abschied** Jetzund reis' ich weg von hier	Grünenwald	107
39. **Abschied treuer Liebenden** Ade, jetzt muß ich scheiden	Richter	109
40. **Abschied vom Liebchen** O Berlin, ich muß dich lassen	Richter	111
41. **Der letzte Abend** Wenn ich an den letzten Abend gedenk'	v. Ramberg	113
42. **Abschiedsklage** Ach, in Trauern muß ich leben	Thumann	115
43. **Gruß** So viel Stern' am Himmel stehen	Richter	117
44. **Goldringlein** Bald gras' ich am Neckar	Richter	119
45. **Gelähmter Flug** Wär' ich ein wilder Falke	Richter	121
46. **Die Gedanken sind frei** Die Gedanken sind frei	Müller	123
47. **Liebesschmerz** A. Den Sonntag, des Morgens etc. B. Mein Schatz der ist auf die W.	 Müller Richter	 126 128
48. **Die Trauernde** Was führ' ich denn so für ein trauriges etc.	Richter	129
49. **Botschaft** Hoffnung, Hoffnung, komm nur bald	v. Ramberg	131

Überschriften / Liederanfänge	Illustriert von	Seite
66. **Der Jäger** Der Jäger in dem grünen Wald	v. Piloty	169
67. **Der Jäger u. das Mädchen** Es gieng ein Jäger jagen	Müller	171
68. **Der Jäger aus Kurpfalz** Ein Jäger aus Kurpfalz	Richter	173
69. **Der verschlafene Jäger** Es wollt' ein Jäger jagen	Thumann	175
70. **Wär' ich ein Knab geboren** Es gieng ein Mädchen grasen	Richter	178
71. **Der Rekrut** Brüder, Brüder, jetzt geht's in den Krieg	Thumann	181
72. **Frisch auf, Soldatenblut!** Frisch auf, Soldatenblut	Richter	183
73. **Der unerbittliche Hauptmann** O Straßburg, o Straßburg	v. Piloty	185
74. **Zu Straßburg auf der Schanz** Zu Straßburg auf der Schanz	v. Schwind	187
75. **Soldatenliebe** Kamerad, ich bin geschossen	Thumann	189
76. **Prinz Eugen vor Belgrad** Prinz Eugenius, der edle Ritter	Richter	192
77. **Der Handwerksgesellen Wanderlied** Steh nur auf, :| junger Handwerksgesell	Richter	195
78. **Schneiders Höllenfahrt** Es wollt' ein Schneider wandern	Richter	197
79. **Die Spinnerin** Spinn, spinn, meine liebe Tochter	Richter	201
80. **Fuhrmannslied** Bin i net a lustiger Fuhrmannsbue	Thumann	203
81. **Ammen-Uhr** Der Mond der scheint	Richter	206
82. **Nachtwächterlied** Hört ihr Herrn und laßt euch sagen	Richter	209

Verzeichniß der bedeutenderen Volkslieder-Sammlungen etc.,

welche für vorliegendes Werk benützt oder verglichen worden sind, nebst Angabe der in den nachfolgenden Anmerkungen dafür gebrauchten Abkürzungen. Die mit * bezeichneten Werke geben Melodien.

A. * (Fr. Nicolai) Eyn feyner kleyner Almanach vol schönerr echterr liblicherr Volckslieder etc. II. Berlin und Stettin 1777 u. 1778.

B. Bragur, herausgg. v. Böckh u. Gräter. VII. Leipzig 1791—1802.

BH. * Büsching u. v. der Hagen, Sammlung deutscher Volkslieder, mit einem Anhange flamländischer und fränzösischer. Berlin 1807.

BN. Büsching, wöchentliche Nachrichten etc. IV. Breslau 1816—1819.

BS. (A. Birlinger) Schwäbische Volkslieder. Freiburg i. B. 1864.

D. * F. W. Frhr. v. Ditfurth, fränkische Volkslieder. II. Leipzig 1855.

DL. * (K. Groos u. Bernh. Klein) Deutsche Lieder für Jung und Alt. Berlin 1818.

E. Fr. K. Frhr. v. Erlach, die Volkslieder der Deutschen. 5 Bde. Mannheim 1834 f.

EV. * L. Erk und W. Irmer, die deutschen Volkslieder mit ihren Singweisen. (Bd. I.) Berlin 1838—1841. — L. Erk, neue Sammlung etc. (Bd. II. u. III., 1s Hft.) Berlin 1841—1845.

EL. * L. Erk, deutscher Liederhort. Auswahl der vorzüglichern deutschen Volkslieder etc. Berlin 1856.

F. Ed. Fiedler, Volksreime und Volkslieder in Anhalt-Dessau. 1847.

Fh. Der Freihafen. Galerie von Unterhaltungsbildern etc. II. Altona 1839.

Fm. J. M. Firmenich, Germaniens Völkerstimmen. III. Berlin 1843 ff.

G. Deutsche Volkslieder (12 Nrn.), 1771 von G o e t h e im Elsaß aufgezeichnet; mitgetheilt in „Aus Herders Nachlaß" (Frankfurt 1856) I. Bd. S. 153 ff. Vgl. A. Schöll, Briefe und Aufsätze von Goethe etc. (Weimar 1846) S. 123 ff.

H. J. G. v. Herder) Volkslieder. 2 Thle. Leipzig 1778 u. 1779. (Später u. d. Titel: Stimmen der Völker in Liedern.)

HB. H. Hoffmann Fallerslebensis, Horae Belgicae. Pars II. Vratislaviae 1833. (Auch u. d. Titel: Holländische Volkslieder, gesammelt etc. von Dr. H. Hoffmann. Breslau 1833.)

HG. * (A. v. Haxthausen) Geistliche Volkslieder etc. Paderborn 1850.

HR. * Hoffmann v. Fallersleben und Ernst Richter, schlesische Volkslieder mit Melodien. Leipzig 1842.

Hn. Deutsche Volkslieder (10 Nrn.). Eine Nachlese aus Schlesien von Hoffmann v. F. in Prutz' Museum. 1852. Bd. II., S. 161 ff.

J. Jungbrunnen. Die schönsten deutschen Volkslieder, gesammelt von G. Scherer. (Vollständige Textausgabe.) 3. A. Berlin, Hertz, 1875.

IH. F. D. Gräter, Idunna und Hermode. Eine Alterthumszeitung etc. I. Jahrg. Breslau 1812. II. Schw. Hall, 1816.

K. J. G. Meinert, alte teutsche Volkslieder in der Mundart des Kuhländchens. Wien und Hamburg 1817.

KZ. * A. Kretzschmer und W. v. Zuccalmaglio, deutsche Volkslieder mit ihren Originalweisen. II. Berlin 1838—40. (Diese so anspruchsvoll aufgetretene Sammlung ist nur mit größter Vorsicht zu gebrauchen, da sie neben groben Irrthümern absichtliche Fälschungen enthält.)

L. Liederbuch des deutschen Volkes. Leipzig 1843.

M. Fr. L. Mittler, deutsche Volkslieder. Sammlung. Marburg und Leipzig 1855. (Enthält u. a. neue Aufzeichnungen aus Hessen.)

MG. Münsterische Geschichten, Sagen und Legenden nebst einem Anhange von Volksliedern etc. Münster 1825.

MS. * Ernst Meier, schwäbische Volkslieder. Berlin 1855.

Oe. * F. Tschischka u. J. M. Schottky, österreichische Volkslieder mit ihren Singweisen. 2. Aufl. Pesth 1844.

P. * Heinrich Pröhle, weltliche und geistliche Volkslieder und Volksschauspiele. Aschersleben 1855. (Enthält Aufzeichnungen vom Harz.)

R. A. Elwert, ungedruckte Reste alten Gesanges. Gießen und Marburg 1784. (N. A. 1848.)

Rh. J. B. Longard) Altrheinische Märlein und Liedlein etc. Coblenz 1843.

S. * Fr. Silcher, (XII) Volkslieder, gesammelt und für 4 Männerstimmen gesetzt. 12 Hefte. Tübingen (o. J.) — Dieselben für 1 oder 2 Singstimmen mit Begleitung des Pf. 8 Hefte. Ebds. (o. J.)

SA. L. v. Seckendorf, Musenalmanach für das Jahr 1808. Regensburg.

Sch. * G. Scherer, die schönsten deutschen Volkslieder mit ihren eigenthümlichen Singweisen (in vierstimmigem Satz) und zahlreichen Holzschnitten nach M. v. Schwind, L. Richter, C. Piloty, P. Thumann u. A. 2. Aufl. 4. Leipzig 1868.

SHL. K. Müllenhoff, Sagen, Märchen und Lieder aus Schleswig-Holstein und Lauenburg. Kiel 1845.

Sm. K. Simrock, die deutschen Volkslieder. Frankfurt a. M. 1851. (Enth. großentheils neue Aufzeichnungen vom Rhein, meist aus der Umgegend von Bonn u. Honnef.) N. A. (1872.)

StA. Aug. Stöber, Alsatia. Mülhausen 1851.

StV. Aug. Stöber, Elsäßisches Volksbüchlein. Straßburg 1842.

Th. Volkslieder aus Thüringen, in und um Weimar gesammelt von Dr. Oskar Schade. (42 Nrn. Mitgetheilt im Weimar. Jahrb. für deutsche Sprache etc. III. Bd. Hannover 1855, S. 241 ff.)

Tj. Talvj (Therese Albertine Luise Robinson, geb. v. Jakob), Versuch einer geschichtlichen Charakteristik der Volkslieder germanischer Nationen etc. Leipzig 1840.

U. Ludwig Uhland, alte hoch- und niederdeutsche Volkslieder etc. 1. Bd. Liedersammlung in fünf Büchern. Stuttgart u. Tübingen 1844—1845. 2. Bd. Abhandlung. Ebends. 1866.

Un. Sammlung neuerer Volkslieder in L. Uhland's Nachlaß, dessen Benützung Frau E. Uhland dem Herausgeber freundlichst gestattete.

V. A. F. C. Vilmar, Handbüchlein für Freunde des deutschen Volksliedes. Marburg 1867.

W. W. Walter, Sammlung deutscher Volkslieder. Leipzig 1841.

WC. Ernst Weyden, Cölns Vorzeit. Geschichten, Legenden, Sagen etc. Cöln 1826.

Wh. Des Knaben Wunderhorn. Alte deutsche Lieder gesammelt von L. A. v. Arnim u. Clemens Brentano. 3 Bde. Heidelberg 1806 bis 1808. — N. A. Berlin 1845—1846; 4. Bd. (von L. Erk.) Ebendas. 1854. (Wenn wir nicht ausdrücklich die alte Ausg. (A. A.) citiren, ist immer auf die N. A. verwiesen.)

WV. O. L. B. Wolff, Halle der Völker. II. Frankfurt a. M. 1837.

Wt. J. R. Wyß (u. Ferd. Huber), Texte zu der Sammlung von Schweizer Kühreihen und Volksliedern. 4. Aufl. Bern 1826.

Fl. Bl. = fliegendes Blatt: „Drei (oder mehr) schöne neue Lieder, gedruckt in diesem Jahr". Mdl. = mündlich. Str. = Strophe.

Bei den Sammlungen aus bestimmten Gegenden: **D** (Franken), **F** (Anhalt-Dessau), **HR** u. **Hn** (Schlesien), **K** (Kuhländchen), **M** (Hessen), **MG** (Westfalen), **BS** u. **MS** (Schwaben), **P** (Harz), **Th** (Thüringen) etc. ist in den Anmerkungen die Heimat der Lieder nicht jedesmal noch besonders angegeben. — Die mit G. bezeichneten Bemerkungen sind aus Goethe's Recension über den 1. Bd. von „Des Knaben Wunderhorn". (S. Jenaische allg. Lit.-Ztg. 1806, Nr 18. 19, und Goethe's Werke (1840) Bd. 32, S. 142 ff.)

Anmerkungen.

Erstes Buch.

1. S. 3. **Die Nonne.** „Romantisch, empfindungsvoll und schön.“ G. Von allen Volksliedern noch jetzt am weitesten verbreitet und am meisten gesungen. Andere Aufzeichnungen: a) H. 1, 15, „aus dem Munde des Volks in Elsaß“ (G. Nr. 3.) EV. I. 1, 43. b) Aus Schwaben B. 1, 265. Wh. 1, 70. MS. 292. c) Wh. 3, 220. DL. 11. d) MG. 209. e) Wt. 77. f) EV. I. 1, 52; 3, 46. g) W. 141 aus dem Meißnischen, 148 aus dem Osterlande, 156 aus Halle. h) K. 35. i) Alzenauisch in Schmeller's Mundarten Baierns (München 1821) 444. k) Aus Schlesien HR. 30; Wünschelruthe von Straube und Hornthal (1818) 118. l) Vom Rhein Sm. 55. Rh. 1. m) Aus Anhalt F. 150. n) Von der Ostsee W. Doenniges, altschott u. altengl. Volksballaden (München 1852) 214. o) EL. 54 ff. J. 3. p) P. 6. q) M. 233. Fm. 2, 111. Vgl. R. 51. r) D. 2, 16. ff. s) Auch in Ditmarschen bekannt: SHL. 608, Nr. 5. t) U. 216.

2. S. 7. **Liebesprobe.** Vielfach mdl.; vgl. Wh. 1, 70. BH. 193, vgl. 406. Sm. 170. Rh. 8. K. 243. MG. 206. HR. 41. F. 147. Fm. 2, 236. EL. 1. MS. 287. D. 2, 22. P. 29. M. 49. Th. Nr. 4. EV. I. 1, 31. J. 10. Wendisch bei Haupt u. Schmaler 1, 72 ff. Holländisch HB. 2, 174 f. Das Lied reicht in's 16. Jahrh. hinauf. Aeltere Texte: U. 263 (um 1592). EL. 3 u. Wh. 4, 3 (um 1690). Hoffmann v. F. „Findlinge“, 1. Bd. (Lpzg. 1860) 366 f. Fl. Bl. v. J. 1677.

3. S. 10. **Der treue Knabe.** Vielfach mdl.; vgl. Wh. 3. 36; aus Franken: BN. 2, 292; D. 2, 9; aus dem Bergischen EV. I. 1, 70; EL. 98; vom Niederrhein EL. 95; aus dem Clevischen EV. I. 3, 51; aus der Gegend von Frankfurt a. M. EL. 96; aus Westfalen MG. 218. Sm. 245. Rh. 6. P. 65. F. 178. HR. 281. M. 140. MS. 285. J. 12. SHL. 609, Nr. 17. Un.

4. S. 12. **Die Königskinder.** Durch ganz Deutschland verbreitet. Wh. 1, 336 aus Süddeutschland. BH. 180 aus Bothe's Frühlings-Almanach vom J. 1804, S. 225; EV. II. 4—5, 106. EL. 65 f. Sm. 7. Rh. 3. U. 199. Th. Nr. 1. J. 13. SHL. 609, Nr. 13. Vgl. K. 137. Die meisten hochd. Texte scheinen aus den niederdeutschen hervorgegangen. Das ältere Lied: „Ach Elslein, liebstes Elslein mein" U. 92. Vgl. HB. 112 u. Kosegarten's „Ida von Plessen" 1, 38. Auch in Holland, Dänemark u. Schweden wird das Lied von den unglücklichen Königskindern gesungen; es ruht auf uralter Sage, die bis nach Indien hinaufreicht. Am Gestade des Chinab im Pendschab zeigt man das Grab der Liebenden Hîr und Rânjha und erzählt von ihnen dieselbe Geschichte wie von Hero und Leander. Der Stoff muß durch's ganze Mittelalter getragen worden, durch provenzalische an altfranzösische Dichter u. von da zu uns gekommen sein.

5. S. 17. **Ulrich und Aennchen.** „Dunkel romantisch. Die Fabel vom Blaubart in mehr nördlicher Form, gemäß dargestellt." G. Variante des alten Liedes vom Ulinger (Adelger.) — A. 2, 100. Wh. 1, 39. EL. 90. H. 1, 79. Wh. 3, 225. Taschenb. für Dichter u. Dichterfreunde, 8. Abthlg. (Lpzg. 1778) 126. E. 3, 450. Aus der Breslauer Gegend IH. 1, Nr. 35. HR. 23. 27. Wh. 4, 301. EL. 91. K. 61. EV. I. 6, 64. II. 3, 18. Rh. 46. 48. Sm. 15; vgl. 19 u. 21. Aus dem Münsterlande U. 151 (Nr. 74, C.) MS. 296 f. P. 10. M. 83 ff. BS. 159. J. 22. Mdl. — Zu Str. 12 bei HR. 24 die merkwürdigen Verse:

Und eh' ich dich beim Leben la,
Einen eisernen Pfahl will ich durch dich schlan.

Das Lied kommt noch mit zwei verschiedenen Ausgängen vor:

1) nach Strophe 10 sagt die Königstochter:

Wie sollt ich nicht weinen und traurig sein?
Ich bin ein Edelkönigstöchterlein;
Hätt ich meinem Vater gefolget,
Frau Kaiserin wär ich geworden.

Wegen dieser Rede schlägt ihr der Ritter das Haupt ab. A. 2, 100. Sm. 23 u. 596 (Nr. 8).

2) nach Strophe 11 heißt der Ritter die Jungfrau sich die Todesart kiesen; sie wählt den Tod durchs Schwert,

räth aber dem Ritter, sein Oberkleid auszuziehen, weil Jungfrauenblut weit spritze. Während er sich zur Seite kehrt, ergreift sie rasch sein Schwert und schlägt ihm das Haupt ab, das noch trügerische Rathschläge gibt. Sie setzt sich auf sein Roß und reitet zum Walde hinaus. Der Mutter, die nach ihrem Sohne fragt, sagt sie:

Dort nieden unter der Linden breit,
Spielt er mit sieben Jungfräulein.

J. 152. Rh. 49. Sm. 20.

Schon im 16. Jahrh., vielleicht noch früher, war dies Lied im Munde des Volks; vgl. U. 141. 146; W. Wackernagel, Lesebuch II., 224. Wh. 4, 101. EL. 93. Ist auch vlämisch (U. 153) u. schwedisch (Mohnike, Volksl. der Schweden 1, 117) vorhanden.

Wie schon Goethe andeutet, hängt der Inhalt unseres Liedes mit der Sage vom Blaubart und anderen mit dem Aussatz behafteten „Räubern" zusammen, die ihre Weiber oder geraubte Jungfrauen und Kinder der Reihe nach tödten, um sich in dem Blute der Ermordeten zu baden. Da nämlich dem Alterthum Krankheiten für eine Strafe Gottes gelten, so ist Blut ein Entsühnungs- und zugleich Heilmittel. Am meisten wird es gegen den Aussatz angewendet, der im Mittelalter bis in's 16. Jahrh. herauf in furchtbarer Allgemeinheit herrschte und für unheilbar galt. (Vgl. den „armen Heinrich" Hartmann's von Aue und den „Sylvester" Konrad's von Würzburg.) Verschiedene Züge unseres Liedes: die mit Blut umronnene Waldquelle, die eilf Jungfrauen an der Bluttanne 2c. deuten offenbar auf ein Abbaden des Aussatzes. Die warnende Taube, welche von einer zur Weissagung dienenden Haselstaude herabspricht, ist eine „Waldminne", ein weissagendes weibliches Wesen. (Grimm, Myth. 399. 404.) Die weißen Wildtauben im Hochwalde (Str. 13) belauschen als Boten Gottes die Heimlichkeit der Menschen. Der Bruder mit seinen Hunden (Str. 16 f.) erinnert an den wilden Jäger und verleiht unserem Liede ein sehr hohes Alter; in anderen Lesarten ist er ein Jäger. Str. 6 u. 7: ruggieren, ruckausen, frz. roucouler, gurren, girren.

6. S. 22. **Die schöne Agnese.** Aus dem Magdeburgischen EV. II. 2, 40. HR. 3. F. 140. Aus versch. Gegenden EL. 44 ff. Vgl. K. 77. Sm. 3. M. 433. J. 32. — Wie die weiblichen Wassergeister, die Meerminnen oder Nixen, durch ihren Gesang schöne Jünglinge in die feuchte Tiefe locken, so stellt auch der Wassermann oder Nix schönen Jungfrauen nach und führt sie hinab in seine prächtige Wohnung, wo er nach menschlicher Weise wirthschaftet. — Str. 13: Das Zeichen mit dem Apfel gibt der Wassermann, wie es in solchen Fällen die Nixen zu geben pflegen; vgl. Grimm, Myth. 464. — Der Schluß abweichend bei F. 140, EL. 47 u. 49: Wie Agnete aus der Kirche kommt, steht der Wassermann vor ihr:

,Willst du mit mir unters Wasser gahn,
Oder willst du dein Leben auf dem Kirchhof lan?'
„Eh ich mit dir unters Wasser wollt gahn,
Lieber will ich mein Leben auf dem Kirchhof lan."
Da zog er aus sein blankes Schwert
Und hieb ihr 's Häuptlein zu der Erd.
Und wo ein Tröpflein Blut hinsprang,
Da standen drei Engel mit Gesang.

Aehnlichen Inhalts ist das schwed. Lied in den Svenska Folkvisor 2, 22; der Wassermann ist dort ein Bergkönig. Uhland, Schriften, 7, 387. 390.

7. S. 26. **Tanhäuser.** „Großes christlich-katholisches Motiv." G. „Eine der anziehendsten Sagen des Mittelalters, in welcher die Sehnsucht nach dem alten Heidenthum und die Härte der christlichen Geistlichkeit rührend geschildert sind." Jac. Grimm. — Fl. Bl. v. J. 1647: „Zwei schöne Lieder", das 2.; vgl. mit Henr. Kornmanni „Mons Veneris" etc. (Frankf. 1614, S. 127) und zwei anderen fl. Bll. aus der Mitte des 17. Jahrh. Das ältere Lied, aus der ersten Hälfte des 16. Jahrh., bei U. 761. Venus ist die deutsche Göttin Hulda, die im Berge Hof hält, stattlich und prächtig gleich Zwergkönigen; da rauscht fröhliche, verführerische Musik, Tanz und Gesang. Einzelne Menschen finden sich noch bei ihr ein und leben da in Wonne. Der „Greis", von dem Tanhäuser (Str. 16) Abschied nehmen soll, ist der getreue Eckart, vielleicht ein heidnischer Priester, der Göttin Hofmann, Herold und Begleiter; er sitzt bei dem Venusberge und warnt die Leute, wie er sie vor dem wüthenden Heere warnt. Grimm, Mythol. 887 f. Str. 9: unmäre, nicht der Rede werth, gleichgiltig. 25: entboren, mhd. enborn, entbehrt. — Eine noch 1830 im Entlebuch, Kanton Luzern, nach mündlicher Ueberlieferung aufgezeichnete Lesart im Schweizer

Dialekt (Mone's Anzeiger 1, 240. U. 770. EL. 85. J. 38.) ist ungeachtet einzelner Lücken und stark verkümmerter Reime viel ursprünglicher und lebendiger in der Darstellung als die genannten Drucke des 16. u. 17. Jahrh., welche Umarbeitungen eines älteren Originals zu sein scheinen.

8. S. 32. **Des Markgrafen Töchterlein.** „Deutsch romantisch, frommsinnig und gefällig." G. Vielfach mdl. Wh. 1, 83. S. 5, 11. Sm. 47. Aus der Umgegend von Halle EV. I. 2, 68; aus dem Magdeburgischen ebds. II. 3, 48. HR. 22. F. 179. Sm. 48; EL. 102. Aus dem Brandenburgischen, Sachsen ꝛc. EL. 99. MS. 283. D. 2, 2. 3. P. 3. M. 190. Aus dem Elsaß StV. 88. J. 45. Nach einer anderen Lesart (Wh. 4, 320. Sm. 48. J. 47) zieht das Mädchen sieben Jahr lang einem Spielmann nach, der sie auf ihre Bitten wieder in ihr Vaterland zurück „spielt", wo sie sich dann unerkannt zu ihrer Mutter verdingt ꝛc. — Zu Str. 22 u. 23: Aus dem Grabe von Liebenden, zumal wenn sie in der Blüte der Jugend durch einen gewaltsamen Tod dahingerafft werden, entsprießen nach der deutschen Sage Lilien, Rosen und andere Blumen mit oder ohne Schrift auf den Blättern, ohne daß eine Menschenhand sie dahin gesäet oder gepflanzt hat. Die Seele bedient sich derselben als Mittel, um noch nach der Trennung von ihrem menschlichen Leibe sich für die sinnliche Anschauung kund zu geben. Die Lilie, längst das Sinnbild der Unschuld, scheint vorzugsweise geeignet, die den Leidenschaften der Menschenwelt entrückte und schuldentsühnte Seele in sich aufzunehmen. Vgl. Nr. 14. Aus dem Grabe des Mädchens in Nr. 64 A, Str. 9—10, wachsen drei Lilien, die kein Anderer als der Geliebte brechen soll. Bei anderen Völkern treten an die Stelle der Blumen häufig Bäume und Sträucher: aus Tristans Grab wächst ein Weinstock, aus Isoldens ein Rosenstrauch, deren Zweige sich verschlingen, wie die Seelen der Liebenden einst verbunden waren. (A. Koberstein im Weimar. Jahrb. I, 73.)

9. S. 35. **Der Edelmann und der Schäfer.** „Tiefe, schöne Fabel, durch den Wiederklang des Vaudeville ein sonderbarer, aber für den Gesang ein bedeutender Vortrag." G. — R. 43. Wh. 1, 206. MG. 225. Aus der Ukermark EV. I. 2, 65; EL. 183. HR. 19. 21. F. 141.

Rh. 22; Sm. 73. Aus der Gegend von Zerbst EL. 180. MS. 281. D. 2, 24. M. 169. J. 70. Un. SHL. 610, Nr. 21. Wendisch bei Haupt u. Schmaler 1, 107. Fl. Bl.: „Vier schöne neue weltliche Lieder", das dritte (Reutlingen), abgedruckt in Just. Kerner's Dichterwald (1813) 175; vgl. L. Schefer's ausgewählte Werke (1846) X, 102.

10. S. 38. **Die gefangenen Reiter.** „Romantisch zart." G. Vielfach mdl. R. 19. Wh. 1, 51. EV. I. 1, 55. DL. 10. BH. 81 (aus Kosegarten's „Ida von Plessen" 1, 38). HR. 266. F. 179. Sm. 126. EL. 30. 32; vgl. EV. I. 3, 44 und I. 3, 10. MS. 374. P. 25. M. 210. V. 130. J. 73. Un. — Der Anfang lautet sehr verschieden; z. B.:

a) Es waren drei Soldaten,
Dabei ein junges Blut;
Sie hatten sich vergangen,
Der Graf nahm sie gefangen,
Setzt sie bis auf den Tod.

b) Es liegen drei Junggesellen
Gefangen auf den Tod rc.

c) Es waren zwei Soldaten,
Die führten einen traurigen Muth rc.

d) Es waren einmal zwei junge Knaben,
Die wollten in die Fremd 'nein gehn rc.

e) Es wollt' ein Soldate desertieren rc.

Der älteste bis jetzt bekannte Text (17 Strophen) aus einem fl. Bl. vom Jahre 1620 in Hoffmann's v. F. „Findlingen" (Lpzg. 1860) 1, 251.

11. S. 42. **Die Jüdin.** „Passender, seltsamer Vortrag zu confusem und zerrüttetem Gemüthswesen." G. Wh. 1, 341. K. 135. Aus der Gegend von Frankfurt a. M. EV. I. 3, 8. EL. 71. HR. 48 f. Sm. 394. Aus dem Brandenburgischen EL. 70. MS. 341. D. 2, 10. M. 183. J. 75. Vielfach mdl. Eine jüngere Lesart hat statt Str. 7 und 8 folgenden Schluß:

'Ach Schreiber, liebster Schreiber,
Schreib meiner Mutter ein' Brief;
Schreib mich und dich zusammen,
Zusammen in Gottes Namen,
Daß ich eine Christin bin!'

Vgl. HR. 48. EL. 72. M. 183. MS. 341 rc. Auch in verschiedenen anderen Liedern sucht die jüngere Lesart den tragischen Ausgang zu vermeiden und eine friedliche Lösung der Katastrophe herbeizuführen.

12. S. 45. **Des Müllers Töchterlein.** Aus verschiedenen Gegenden: EV. II. 2, 44; EL. 73. HR. 58. F. 191. Sm. 137. D. 2, 38. M. 202. J. 77. Mdl.

13. S. 47. **Der verwundete Knabe.** Sehr verbreitet: H. 1, 118. Wh. 3, 258. EV. I. 4, 35. HR. 186 f. Rh. 39. Sm. 61. F. 188. EL. 111 ff. Wh. 4, 358. MS. 314. D. 2, 31. 32. P. 12. M. 46. J. 78. V. 135. Zu Str. 4 und 5 vgl. Nr. 3, Str. 8 und 9. Als Bergreihe schon zu Anfang des 16. Jahrh. gesungen: O. Schade, „Bergreien", Nr. 10; U. 205 u. 207, Nr. 93.

14. S. 49. **Weder Glück noch Stern.** Zuerst (3 Strophen) mitgetheilt von H. Heine im Taschenbuch für Damen auf das Jahr 1829, S. 66: „Dieses Lied ist ein rheinisches Volkslied." Vgl. Heine, Der Salon (Hamburg 1834) 1, 151 und Neue Gedichte 151. Die 4. Strophe von W. v. Zuccalmaglio (1835) an Erlach (4, 602) mitgetheilt und wol auch von ihm herrührend.

15. S. 51. **Die zwei Gespielen.** Vielfach mdl. Wh. 3, 18. Wh. 4, 356. HR. 33. EL. 105. J. 96. Das ältere Lied U. 260. 262.

16. S. 54. **Falsche Liebe.** „Das Wehen und Weben der räthselhaft mordgeschichtlichen Romanzen ist hier höchst lebhaft zu fühlen." G. „Der Inhalt des Liedes ist kühn und schrecklich fortgehende Handlung: ein kleines lyrisches Gemälde, wie etwa Othello ein gewaltiges, großes Freskobild ist. Der Anfang des Liedes ist mehrern Volksliedern eine Lieblingsstelle." Herder. H. 1, 38. (G. Nr. 4.) Wh. 1, 327. DL. 9. EV. I. 1, 26. (J. G. Jacobi's) Iris, V. (Berlin 1776) 134. BH. 231. U. 168. MS. 289. M. 92. EL. 28. Sm. 167. J. 98. Vielfach mdl. Eine sehr verbreitete jüngere Lesart: Es kann mich nichts Schönres erfreuen ꝛc. Wh. 1, 328. HR. 264. Sm. 166. EL. 27. Sch. 78. J. 99. Vgl. die beiden älteren „Tagelieder" aus dem 16. Jahrh. bei U. 161 u. 164.

17. S. 56. **Die unbarmherzige Schwester.** MG. 249. EV. I. 5, 3. II. 6, 2. HR. 351. Wh. 4, 189. Sm. 162. EL. 77. M. 391. J. 130. Un. Mdl. In der schlesischen Lesart lautet der Anfang:

1. Es waren einmal zwei Schwestern
Zu Hirschberg in der Stadt;

Die eine gieng 'rum betteln,
Die andre war so reich.
2. Die Leute thäten sprechen:
Du darfst nicht betteln gehn;
Du hast eine reiche Schwester,
Die kann dir wol beistehn.

18. S. 59. **Das erlaubte Tänzchen.** Mdl. aus der Umgegend von Hechingen: Wh. 2, 220. J. 134.

19. S. 62. **Die Macht der Thränen.** Mdl. aus Schlesien: HR. 341. EL. 8. Wh. 4, 95. Nach dem Volksglauben hat der Todte so lange, als die Zurückgebliebenen um ihn weinen, keine Ruhe im Grabe und sein Leichenhemd ist immer naß von ihren Thränen. Vgl. „Das Todtenhemdchen" bei den Gebr. Grimm.

20. S. 64. **St. Katharina.** Mdl. aus Franken. Vgl. EV. II. 4, 1. HG. 197. Sm. 150. EL. 162. MS. 371. D. 1, 58. P. 230. J. 143. Der Anfang sehr verschieden:

a) Es waren einst d r e i Kaiser,
Die hielten einen Rath rc.
b) Es waren drei heidnische K ö n i g e,
Die stritten lange Zeit rc.
c) Der Kaiser und der König
Die stritten Tag und Nacht rc.
d) Der Türk' und auch der Kaiser
Die führen miteinander Streit rc.

Zweites Buch.

21. S. 69. **Sehnsucht.** *A.* „Einzig schön und wahr." G. „Mondschein, Mondschein die Hülle und Fülle und die ganze Seele übergießend strahlt in dem Liede: Wenn ich ein Vöglein wär'". Heine. — H. 1, 67. Wh. 1, 208. S. 1, 9. EV. I. 2, 5. Sm. 273. EL. 235. — *B.* IH. 2, 176. K. 34. Sm. 274. EL. 236. D. 2, 92 f. J. 151. Fl. Bl.: M. 551.

22. S. 71. **Treue Liebe.** Neueres Volkslied; vielfach mdl. EV. I. 5, 13. W. 274. Rh. 101. Sm. 234. M. 564. J. 154.

23. S. 73. **Mein eigen soll sie sein.** S. 2, 13. Rh. 116. Wh. 4, 206. EL. 220. Fh. II. 2, 31. M. 696. MS. 107. D. 2, 96. J. 155. Vielfach mdl.

24. S. 75. **Heimliche Liebe.** Vielfach mdl.; die Strophen 3 u. 4 von E. Fentsch, Str. 6 von L. Steub in München. Vgl. BH. 282. EV. I. 1, 12. 4, 12. II. 2, 71. S. 1, 3. F. 192. Sm. 338. EL. 258. MS. 112. M. 571. J. 157.

25. S. 77. **Zuversicht.** BH. 87. EV. I. 1, 69. F. 192. Sm. 230. EL. 218. J. 157. Mdl.

26. S. 79. **Liebesscherz.** *A.* Schwäbisch. Mdl. vom Bodensee und der Gegend von Heilbronn. S. 3, 3. Fh. II. 2, 34. W. 69. EL. 214. Fm. 2, 488. J. 163. — *B.* „Einzig lustig und gutlaunig." G. A. 2, 106. Wh. 1, 209. EV. I. 4, 23; vgl. II. 4, 49. EL. 217. Schweizerisch: Wt. 16.

27. S. 81. **Tanzliedchen.** Schwäbisch. Mdl. aus der Umgegend von Stuttgart. BN. 2, 217. Wh. 3, 452. Fh. 2, 32. S. 4, 6. MS. 96. EL. 304.

28. S. 83. **Tanzreime, Schelmenliedchen, Schnaderhüpfeln, Stückchen etc.** Kurze, aus einem oder zwei Reimpaaren, jedenfalls aus vier Abschnitten oder Zeilen bestehende Liedchen, die nach gewissen landläufigen Tanzmelodien gesungen und häufig vom Sänger oder Tänzer aus dem Stegreif gedichtet werden. — I. Aus Schwaben; II. aus dem bair. Gebirge.

29. S. 87. **Mei Dienei.** Oberbairisch, vom Schliersee. Vgl. Bair. Gebirgslieder mit Bildern von E. Neureuther, München 1831, Heft 1, Bl. 2. Oberbair. Lieder, gesammelt von Franz v. Kobell, München 1860, S. 38.

30. S. 89. **Im Wald bei der Amsel.** Mdl. aus dem Ries und der bair. Pfalz. B. 2, 221. BH. 92. EV. I. 3, 36. Sm. 232. EL. 364. P. 45 f. M. 602. J. 198. Erinnert an Walter's v. d. Vogelweide „Unter der Linden an der Heide"; scheint jedoch in dieser Fassung nicht sehr alt.

31. S. 91. **Augentrost.** EV. I. 6, 3. II. 6, 26. HR. 97. Sm. 276. EL. 244. M. 619. J. 160. Vielfach mdl. (Strophe 1 in sehr losem Zusammenhang mit den folgenden.)

32. S. 93. **Tritt zu!** Vielfach mdl. Wh. 2, 191, aus Kreuznach. Rh. 117. Sm. 210. EV. III. 1, 16. EL. 234. S. 11, 1. MS. 140. M. 566. StA. 54. J. 205. Vgl. HR. 171. Das ältere Lied bei U. 71; geistlich verändert: „Der Gnaden Brunn thut fließen" (um 1550) bei Ph. Wackernagel Kirchenl. 576.

33. S. 95. **Den Leuten zum Trutz.** Wh. 3, 22. EV. I. 3, 3. EL. 254. M. 632. J. 159. Mdl.

34. S. 97. **Treue Liebe.** Zu Anfang dieses Jahrh. allgemein bekannt geworden. BH. 25. Teutsches Liederbuch für Hochschulen (Stuttg. 1823) 433. Rh. 96. Sm. 482; von der Mosel EL. 272. Aus versch. Gegenden EL. 271; vgl. EV. II. 1, 46. D. 2, 68. M. 571; vgl. Nr. 750, Str. 6 f. Th. Nr. 23. J. 171. Vom Schwarzwald: Jul. Maier, Volksl. 3. Heft. Nr. 1; vgl. StV. 89. Mdl.

35. S. 99. **Müllers Abschied.** „Für den, der die Lage fassen kann, unschätzbar." G. Reichardt's musikal. Kunstmagazin I. (Berlin 1782) 99. 214. EV. I. 5, 59. Wh. 1, 113. DL. 18. S. 2, 4. WC. 256. MG. 214. Rh. 94. Sm. 259. EL. 283. M. 557. J. 173. Vielfach mdl. Nach Str. 2 hört man häufig die Strophen 6 u. 7 von Nr. 59 (S. 151) singen, die vielen Liedern als eine Lieblingsstelle eingeschoben oder angehängt werden. Die älteren Lieder bei U. 60 u. 61, 76 u. 77.

36. S. 102. **Drei Reiter am Thor.** *A.* „Ewiges und unzerstörliches Lied des Scheidens und Meidens." G. A. 1, 72. Wh. 1, 343. DL. 16. Liederbuch f. deutsche Künstler 145. F. 177. HR. 173. 174. Sm. 261. EL. 209. MS. 127. D. 2, 97. P. 58. M. 604. J. 176. Mdl. — *B.* Vielfach mdl.; vgl. EL. 210. J. 176.

37. S. 105. **Abschied.** Schwäbisch. Vgl. S. 2, 16.

Fh. II. 2, 34. Sm. 255. EL. 274. P. 67. M. 697. J. 177. Str. 2 u. 3 von Heinr. Wagner (pseudon. Wergan) 1824 gedichtet; s. dessen „Stechpalmen", 4. Bdchn., Stuttg. 1833, S. 154. Die ursprünglichen weiteren Strophen mdl. von der schwäb. Alb.: J. 178.

38. S. 107. **Abschied.** Wh. 3, 32. EV. I. 4, 46. S. 3, 12. HR. 241. Sm. 263. EL. 261. MS. 135. D. 2, 98. P. 66. V. 184. J. 179. Anderer Anfang: Morgen muß ich fort von hier &c.

39. S. 109. **Abschied treuer Liebenden.** EV. I. 6, 19. HR. 184. EL. 273. J. 182. Fl. Bl. Mdl. Zu Str. 2 vgl. Nr. 42, Str. 4.

40. S. 111. **Abschied vom Liebchen.** Mdl. Fl. Bl. Wh. 1, 289. BH. 86. EV. II. 6, 24. HR. 177. Sm. 254. EL. 366. J. 183. Un. Dieses verhältnißmäßig jüngere Lied nimmt nicht selten Strophen aus anderen, weit älteren Liedern in sich auf; so die 4. Str. von Nr. 42 u. Nr. 34. &c.

41. S. 113. **Der letzte Abend.** EV. I. 1, 20. 2, 49. HR. 176. Vom Kiffhäuser Sm. 272. S. 10, 12. EL. 250. MS. 104. D. 2, 78. M. 632, Nr. 935; vgl. Nr. 909. J. 188. Vielfach mdl.

42. S. 115. **Abschiedsklage.** B. 1, 272. Wh. 3, 74. EV. I. 2, 8. HR. 178. Rh. 98. Sm. 239. EL. 365. M. 548. J. 190. Un. Fl. Bl. Mdl. aus der Gegend von Ansbach.

43. S. 117. **Gruß.** Durch ganz Deutschland verbreitet. a) Wh. (A. A.) 2, 199. DL. 19. Sm. 224. V. 182. J. 181. b) Wh. 2, 198. Teutsches Liederbuch für Hochschulen (Stuttg. 1823) 435. Rh. 92. S. 1, 13. EL. 203. Die hier der Melodie wegen eingeschobene schleppende zweite Verszeile jeder Strophe ist fortgelassen.

44. S. 119. **Goldringlein.** Wh. 2, 18. Nur die beiden ersten Strophen echt; die übrigen wol von den Herausgebern des Wh. Der Anfang lautet sonst: Bald gras ich am Acker, bald gras ich am Rain &c., wol das Ursprüngliche. Str. 2: Was batt, was nützt.

45. S. 121. **Gelähmter Flug.** „Groß und gut." G. Wh. 1, 72. Str. 1 u. 3 einem Liede des 16. Jahrh. entnommen (vgl. Wh. 3, 25); die übrigen rühren wol von den Herausgebern des Wh. her.

46. S. 123. **Die Gedanken sind frei.** Wh. 3,

39, „nach Schweizerliedern", zum Zweigesang eines Gefangenen mit seiner Geliebten verarbeitet. HR. 307. EL. 358; vgl. EV. III. 1, 8. M. 660. Sm. 563. J. 199. Fl. Bl. Mdl.

47. S. 126. **Liebesschmerz.** *A.* Wh. 2, 200. 201. HR. 172. Rh. 95. Sm. 243. EV. II. 2, 54. EL. 354. D. 2, 72. M. 657. Th. Nr. 22. J. 191. Vielfach mdl. — *B.* Wh. 3, 17. Rh. 97. M. 554. EL. 356. Fl. Bl.

48. S. 129. **Die Trauernde.** Mdl. aus Schlesien: HR. 162. Str. 1, 3 u. 4 mdl. aus dem Ries: J. 210. Die Turteltaube war unserer älteren Dichtung das liebste Bild sittlicher Reinheit und treuer, trauernder Wittwenschaft; ihres Gatten beraubt, läßt sie sich immer nur auf einem dürren Zweig nieder, auch trinkt sie kein klares Wasser mehr, sondern trübt es zuvor mit ihren Füßen. Grimm, altd. Wälder, 3, 34 ff. Vgl. Nr. 34, Str. 4.

49. S. 131. **Botschaft.** Mdl. aus Franken. EL. 290. J. 211.

50. S. 133. **Frau Nachtigall.** „Eine kunstlose Behandlung zugegeben, dem Sinne nach höchst anmuthig." G. Wh. (A. A.) 1, 93, 3 Strophen. BH. 203 nach fl. Bll., 10 Str. Wh. (N. A.) 1. 103. MG. 230, 4 Strophen. Sm. 222. EL. 357. EV. I. 1, 25. MS. 88. J. 222. Mdl. vom Schwarzwald.

51. S. 135. **Ade zur guten Nacht.** Mdl. aus Franken und Hessen (Hanau). J. 215. Vgl. Fink, musikal. Hausschatz 469 und „Auswahl deutscher Lieder", 7. A. (Lpzg. 1850) 443.

52. S. 137. **Drei Röslein.** „Ein Ereignen zwischen Liebesleuten, von der zartesten Art, dargestellt wie es besser nicht möglich ist." G. Schwäbisch, aus dem Remsthale (Schorndorf). Wh. 1, 181 („Zwei Röselein", stark überarbeitet). S. 1, 6. Fh. II. 2, 29. EV. I. 4, 71. Sm. 267. EL. 204. MS. 89. D. 2, 80. M. 567. Vgl. HR. 161. 162. P. 56. J. 216. In Schlesien lautet der Anfang: Ich gieng zum kühlen Wein, trank ihn aber nicht ꝛc.

53. S. 139. **Es ist Alles umsonst.** Vielfach mdl. Vgl. Wh. 3, 105. K. 253. S. 8, 7. HR. 110. Rh. 125. EV. III. 1, 74. EL. 280. Sm. 323. D. 2, 81. M. 647. J. 218.

54. S. 141. **Untreue.** EV. I. 3, 18. Sm. 201. Wh. 4, 197. EL. 257. MS. 75. D. 2, 104. M. 657.

S A. 56. J. 223. Fr. v. Kobell, oberbair. Lieder (München 1860) 17. Fl. Bl. Vielfach mdl.

55. S. 143. **Verlorene Liebesmüh'.** BN. 1, 354. EL. 276. J. 224. Mdl. aus Franken. Vgl. W. 67 u. Sm. 336.

56. S. 145. **Die Unbeständige.** BH. 274. EV. I. 1, 6. WC. 255. HR. 128. Sm. 322. EL. 265. J. 227. Fl. Bl.

57. S. 147. **Nachtfahrt.** Vielfach mdl. Wh. 2, 204. K. 131. W. 223. EV. I. 5, 40. II. 2, 62. HR. 146. Sm. 107. MS. 381. D. 2, 44. 45. M. 246. J. 239. Das ältere Lied aus dem 16. Jahrh. bei U. 680. Wh. 4, 47.

58. S. 149. **Vergebliche Warnung.** Vielfach mdl. Wh. 3, 161. 4, 364. BH. 138. EV. I. 1, 23. W. 25. HR. 144. F. 182. Sm. 278. EL. 118. M. 676. Th. Nr. 29. J. 248. Un.

59. S. 151. **Ich hört' ein Sichlein rauschen.** Wh. 3, 113. EL. 313. P. 49. D. 2, 66. M. 552. J. 250. Wegen Str. 6 u. 7 s. zu Nr. 35. Die älteren hierher gehörigen Lieder bei U. 78. 75.

60. S. 153. **Der Baum im Odenwald.** Vielfach mdl. Wh. 3, 112; daraus: EV. I. 1, 23; II. 4, 76; Sm. 266; EL. 204; vgl. P. 54. J. 251. Neueres Lied, das sich nicht über das Jahr 1808 zurückverfolgen läßt. Es ist mehr ein geschickt nachgeahmtes als ein wirkliches Volkslied, jedoch in den Volksmund übergegangen.

61. S. 155. **Herzeleid.** Mdl. aus dem bair. Gebirge. Vgl. S. (1 st.) 7, 5. U. Halbreiter, Sammlung auserlesener Gebirgslieder, München 1839, 2. Heft, Nr. 6.

62. S. 157. **Die Verlassene.** Schwäbisch. Vielfach mdl. Fh. II. 2, 31. S. 6, 11. W. 147. Wh. 4, 127. J. 252.

63. S. 159. **Feinslieb im Grabe.** Mdl. vom Schwarzwald. Wh. 3, 15. M. 424. 425. Rh. 99. V. 155. J. 253.

Drittes Buch.

64. S. 163. **Die schwarzbraune Hexe.** *A.* „Durch Ueberlieferung etwas confus, der Grund aber unschätzbar." G. Vielfach mdl. A. 1, 65. Wh. 1, 34. U. 240. EV. I. 3, 53; II. 2, 34. HR. 193 ff. F. 185. Sm. 183. EL. 22. 23. D. 2, 28. 29. M. 182. W. 144. Rh. 136. Vgl. MS. 361. P. 139. J. 257. Un. Zu Str. 10 u. 11 s. d. Anm. zu Nr. 8, Str. 22. — *B.* Mdl. aus der Oberpfalz. Vgl. Herder, Von deutscher Art u. Kunst (Hamburg 1773) 47. SA. 26. EL. 24. J. 258.

65. S. 166. **Im Walde.** Mdl. aus versch. Gegenden. B. 3, 259. 261. SA. 64. EV. I. 4, 26. 5, 19. II. 6, 6. HR. 209. EL. 368. J. 266. Fl. Bl.

66. S. 169. **Der Jäger.** Durch ganz Deutschland verbreitet: MG. 227. WC. 261. W. 77. HR. 206. Sm. 198. EL. 322. MS. 380. P. 73. M. 899. StA. 55. J. 260.

67. S. 171. **Der Jäger und das Mädchen.** Sehr verbreitet. BH. 16. EV. I. 1, 37. W. 75. HR. 203. EV. II. 4, 66. F. 160. Sm. 195. EL. 187. D. 2, 25. P. 78. M. 251. J. 261. SHL. 609, Nr. 11. Das ältere Lied bei Görres, altd. Volks- und Meisterlieder 181; schon im 16. Jahrh. „geistlich verändert": U. 875; Hoffmann v. F., Kirchenlied (2. A.) 396 ꝛc.

68. S. 173. **Der Jäger aus Kurpfalz.** Mdl. BH. 226. S. 6, 12. Rh. 137. W. 79. EV. I. 4, 3. Sm. 402. D. 2, 218. P. 83. M. 907 f. J. 264.

69. S. 175. **Der verschlafene Jäger.** „Ein bischen barsch, aber gut." G. Durch ganz Deutschland verbreitet. A. 1, 77; daraus Wh. 1, 274. BH. 134. K. 203. WC. 260. EV. I. 2, 12; 6, 24. HR. 202. F. 175. Sm. 192. EL. 377. P. 81. M. 180. J. 263. SHL. 609, Nr. 19. U. 241 (niederdeutsch, Anfang des 17. Jahrh.). Vielfach mdl. Dieses sehr alte Lied ist auch holländisch und vlaemisch vorhanden; vgl. HB. 2, 77.

70. S. 178. **Wär' ich ein Knab' geboren.** Vielfach mdl. Wh. 2, 30. K. 199. E. 4, 105. EV. I. 6, 17. HR. 274. Rh. 57. Sm. 59. EL. 123. D. 2, 54. P. 155. M. 238. Th. Nr. 28. BS. 13. U. 255. WV. 2, 194. J. 285. Vgl. Haupt u. Schmaler 1, 79. Auf diese Gunst machen verschiedene Stände Anspruch: nach anderen Lesarten ist es ein Fähnrich, ein Jäger, ein Goldschmied, ein Metzger 2c., bei U. ein Schreiber, wol das Ursprüngliche. Am Niederrhein lautet der Anfang: Es sollt' ein Goldschmied schmieden von Gold ein Ringelein 2c

71. S. 181. **Der Rekrut.** Mdl. aus Betzingen bei Reutlingen. S. 9, Nr. 2. MS. 191. EL. 390. D. 2, 189. J. 271.

72. S. 183. **Frisch auf, Soldatenblut!** Mdl. aus Betzingen. S. 3, Nr. 12. Fh. II. 2, 35. MS. 224. M. 879. J. 273.

73. S. 185. **Der unerbittliche Hauptmann.** Durch ganz Deutschland verbreitet. EV. I. 1, 7. II. 3, 48. S. 6, 13. HR. 269. Rh. 14. Sm. 477. Wh. 4, 83. EL. 35. MS. 201. D. 2, 186. P. 204. M. 141. Th. Nr. 10. SHL. 608, Nr. 1. J. 278. Un.

74. S. 187. **Zu Straßburg auf der Schanz.** Wh. 1, 151 angebl. nach einem fl. Bl.; die Aenderungen in den Strophen 1, 2 u. 4 sind jedoch eine romant. Ausschmückung der Herausgeber. Vgl. HR. 292. EL. 374. M. 229. J. 279.

75. S. 189. **Soldatenliebe.** Vielfach mdl. EV. I. 5, 37. HR. 270. Sm. 479. EL. 188. D. 2, 205. M. 887. J. 275. Wh. (A. A.) 1, 72 (8 Strophen), N. A. 1, 81 (17 Strophen!) zu einer Gespenstergeschichte verarbeitet.

76. S. 192. **Prinz Eugen vor Belgrad.** Der Sage nach von einem Brandenburg. Krieger gedichtet, der unter dem Fürsten von Dessau im Heere Eugen's dienend, bei Hochstädt und Turin mitfocht. Vielfach mdl. Vgl. Soltau histor. Volksl. (Lpzg., 1836) S. 527.

77. S. 195. **Der Handwerksgesellen Wanderlied.** Vielfach mdl. HR. 247. M. 926. Un.

78. S. 197. **Schneiders Höllenfahrt.** Wh. 2, 385. WC. 265. Sm. 443. D. 2, 242. M. 946. J. 307. Fl. Bl. Vielfach mdl.

79. S. 201. **Die Spinnerin** Sehr verbreitet. Wh. 3, 41. K. 21. EV. I. 3, 47. II. 3, 46. HR. 144. SHL. 610, Nr. 22. Sm. 408. EL. 192. M. 586. BS. 11. J. 298.

80. S. 203. **Fuhrmannslied.** Mdl. aus Niederbaiern und Mittelfranken. Vgl. BH. 285. SA. 35. J.

309. Fl. Bl. Mehrere Strophen unseres Textes von L. Steub ergänzt: „Bilder aus Griechenland“ (Leipzig 1841) 1, 369.

81. S. 206. **Ammen-Uhr.** Aus Wh. 3, 420 in alle neueren Sammlungen übergegangen.

82. S. 209. **Nachtwächterlied.** Mdl. in Franken. BH. 40. EV. II. 1, 16. 2, 60. Sm. 589. EL. 405. J. 311.

83. S 211. **Die arme Seele.** Vielfach mdl. Wh. 3, 77. HR. 337 u. 344. Sm. 138. EV. III. 1, 83. EL. 166. MS. 351. D. 1, 83. 84. M. 344. HG. 166. Rh. 135. Th. Nr. 14. J. 315. Vgl. Hoffmann v. F., Kirchenlied, 2. A., Hannover 1854, 513.

84. S. 214. **Das Leiden des Herrn.** Im 16. Jahrh. nachweislich, mag aber viel älter sein; noch jetzt in vielen Gegenden gesungen und auch als fl. Blatt gedruckt. Wh. 1, 149. K. 266. MG. 223. WC. 269. HR. 336. Sm. 582. EV. II. 6, 52. EL. 415. M. 339 f. Th. Nr. 15. J. 316. Hoffmann v. F., Kirchenlied (2. A.) 501. Aeltere Texte: U. 886 nach einem Druck v. 1590. Hoffmann v. F., Kirchenlied 502.

85. S. 217. **Mariä Wallfahrt.** Mdl. im Breisgau, Oberschwaben ꝛc. EV. II. 4—5, 2. EL. 165. Sm. 145. D. 1, 51. M. 342. Th. Nr. 13. StA. 117. MS. 354. J. 318.

86 S. 219. **Auf den heiligen Berg!** Mdl. aus Neiße in Schlesien: EL. 411. Sch. 115.

87. S. 222. **Schnitter Tod.** Wh. 1, 59. DL. 76. WC. 270. Sm. 579. J. 322. Fl. Bl.

Werke von Oscar Pletsch:

Der alte Bekannte.

Eine Malerreise in 21 Bildern.

In Holzschnitt ausgeführt von

H. Günther.

Text von Friedrich Oldenberg.

Elegant cartonnirt. Preis 2 Thaler.

Allerlei Schnik-Schnak

mit

48 Original-Zeichnungen.

In Holzschnitt ausgeführt von

Professor **H. Bürkner** in Dresden.

Dritte Auflage.

Hoch-Quart. Elegant cartonnirt.

Preis 2 Thlr.

Pletsch-Album.

Eine Auswahl von 37 Holzschnitten nach Original-Zeichnungen.

Eleg. cart. Preis 1 Thlr.

Was willst Du werden?

43 Compositionen.

In Holzschnitt ausgeführt von Professor **H. Bürkner** in Dresden.

Dritte vermehrte Auflage.

Hoch 4. Elegant cart. Preis 1 Thlr. 15 Ngr.

Oscar Pletsch's Bildermappe.

12 Photographien nach Originalzeichnungen.

Gr. 4. In eleganter Mappe.

Preis 8 Thaler.

Einzelne Blätter à 20 Neugroschen.

— — Für Kinder ist eben so wenig leicht zu zeichnen, als zu schreiben und zu dichten. Wie wir aber leider von einer Sündfluth unkindlicher Kinderschriften neuerdings überschwemmt werden, so giebt es auch unendlich viel sentimentale und manierirte, geradezu schädliche Zeichnungen für Kinder. Und es können Aeltern nicht oft und eindringlich genug darauf hingewiesen werden, wie wichtig für Anschauung und Bildung des jugendlichen Sinnes reine und gute Abbildungen sind; letztere sind die Grundlage spätern Schönheits- und Wahrheitssinnes. Der Ausbildung des Holzschnittes fehlt es nicht an äußern Mitteln, den Sinnen der Jugend von früh an wahre und schöne Anschauungen zuzuführen; daß es aber auch nicht an den rechten Künstlern fehlt, zeigen uns wieder einmal die Zeichnungen von **Oscar Pletsch.** (Dresdner Journal.)

Abenteuer u. Erlebnisse des kleinen Hans.

Ein Bilderbuch mit Musik und Gesang für Kinder von **Salvatore C. Marchesi.**

Mit 12 Illustrationen von Jul. Koch.

Eleg. cart. Preis 1 Thlr. Colorirte Ausgabe. Preis 1 Thlr. 15 Ngr.

— — Ein allerliebstes Weihnachtsgeschenk, aber nicht blos für Kinder, sondern für die ganze Familie. Es ist eine kurze Robinsonade, die das Büchlein im einfachen, prunklosen Ton erzählt, und welcher man es wohl anmerkt, daß sie aus der Praxis hervorgegangen ist (der Verfasser hat sie zuerst seinen eigenen Kindern erzählt und dieselben damit glücklich gemacht); aber was das Buch zu einer großen Freude macht, das ist die einfache, ungesuchte, leicht (selbst von Anfängern) auszuführende Musik, die dabei so charakteristisch ist, daß man sie eine Oper im Kleinen nennen könnte, und außerdem die vortrefflichen Illustrationen, die sich den Meisterwerken dieser Art anreihen. Wir müssen das Buch der Familie dringend empfehlen. (Cornelia, Zeitschr. f. Erzieh.)

Ein Tag aus dem Leben der kleinen Lili.

20 Zeichnungen von L. Frölich.

Text von P. J. Stahl.

In farbigen Umschlag gebunden.

Preis 24 Ngr.

Der Künstler, der diese Skizzen entwarf, ist nicht blos ein berühmter Maler, er ist auch ein glücklicher Vater und hat ein liebliches Mädchen, das ihm an das Herz gewachsen ist, die kleine Lili. Das Sprichwort sagt: wessen das Herz voll ist, davon geht der Mund über; bei einem Künstler aber gewinnen diese Gefühle sogleich Gestalt und so entstand unter seinen Händen Lili's Bild in allen Lagen seines fröhlichen Daseins.

(Aus der Vorrede.)

Illustrirte Monatshefte.

Unter Mitwirkung von

Friedr. Bodenstedt, Franz Bonn, Isabella Braun, Th. Colshorn, Karl Enslin, Emanuel Geibel, Karl Gerok, Klaus Groth, A. W. Grube, Fr. Güll, C. Heigel, Gustav Jaeger, Gust. Jahn, Hermann Kletke, Friedr. Körner, Rudolf Löwenstein, R. Löwicke, Hermann Masius, Joh. Meyer, Ed. Mörike, Friedr. Oldenberg, Wilh. Osterwald, Gust. Pfarrius, Ad. Pichler, Karl Reinhold, K. Rohrbach, Otto Roquette, K. Ruß, Georg Scherer, Herm. Schmid, Ferd. Schmidt, K. Simrock, Theod. Storm, Adolf Stöber, Julius Sturm, Albert Traeger, J. Trojan, Heinr. Viehoff, Villamaria, Ottilie Wildermuth, H. Zeise u. A.

herausgegeben von

J. Lohmeyer.

Mit Holzschnitten nach Original-Zeichnungen von

H. Bürkner, Ludw. Burger, W. Camphausen, Fedor Flinzer, Joseph Ritter v. Führich, Wilh. Georgy, Th. Grosse, G. Hammer, Albert Hendschel, H. Lüders, C. Offterdinger, Oscar Pletsch, Friedrich Preller, Ludw. Richter, Ferd. Rothbart, Gust. Spangenberg, Paul Thumann, A. v. Werner u. A.

Unter künstlerischer Leitung von

Oscar Pletsch.

Pränumerations-Preis für den Band von 6 Heften (je $3^1/_2$ bis 4 Bogen) 2 Thaler.

Jeder Band bildet ein selbständiges Ganzes und wird einzeln verkauft.

Räthselbüchlein für Kinder.

Herausgegeben
von

Georg Scherer.

Mit Holzschnitten nach A. Kreling und L. Schnorr.

Zweite, reich vermehrte Auflage.

Elegant cartonnirt. Preis 15 Ngr.

Schwarze Bilder
aus Rom und der Campagna

von **Fritz Schulze.**

In Holzschnitt ausgeführt von Professor H. Bürkner.

Text von **Gustav Floerke.**

Gr. 4. Elegant cart. Preis 2 Thlr.

Dieses originelle Bilderbuch eines römischen Bildhauers, begleitet von einem geistvollen poetischen Text, wird allen Freunden der Kunst eine willkommene Erinnerungsgabe an Rom und römisches Leben bieten.

Georg Scherer's illustrirtes deutsches Kinderbuch.

Alte und neue Lieder, Märchen, Fabeln, Sprüche und Räthsel.

Mit Stahlstichen und Holzschnitten

nach Zeichnungen von

P. v. Cornelius, W. v. Kaulbach, O. Pletsch, E. Neureuther, Frz. Pocci, L. Richter, M. v. Schwind, A. Strähuber, P. Thumann u. A.

Zwei Bände.

In farbigen Umschlag elegant gebunden. Preis eines jeden Bandes 2 Thlr.

Jeder Band bildet ein selbständiges Werk und wird einzeln verkauft.

Dieses von den namhaftesten deutschen Künstlern **reich** illustrirte, elegant ausgestattete Werk wurde schon bei seinem ersten Erscheinen von der Kritik einstimmig als **das schönste und werthvollste deutsche Kinderbuch** begrüßt, das es auch bis heute geblieben ist. Der Text bietet das Beste, was sowohl die Volkspoesie als die Kunstlyrik für Kinder geschaffen haben — **„das Beste ist für Kinder gerade gut genug!“** — und die zahlreichen Illustrationen, **zum Theil wahre Kunstwerke,** sichern dem Buche einen Werth für alle Zeiten.

Gedichte von Georg Scherer.

Illustrirte Prachtausgabe. Mit 120 Vignetten von Paul Thumann.

In Holzschnitt ausgeführt von **H. Günther.**

Dritte Auflage.

Prachtvoll gebunden mit Goldschnitt. Preis 1 Thlr. 20 Ngr.

„Georg Scherer hat den feinen Sinn für das Echte und Schöne, der sich in seinen bekannten Sammlungen bewährte, auch bei seinen eigenen Gedichten mit strenger Selbstkritik vereint und diese Auslese ist ganz vorzüglich duftig, würzig und süß ausgefallen. — Wer Bildung und Ruhe genug besitzt, um sich in das Ganze zu vertiefen, der wird eine Gesammtwirkung erfahren, wie sie nur wenige Gedichtsammlungen der letzten Jahre hervorzurufen im Stande sind. Jugendlichen Gemüthern und sinnigen Frauen sollen diese frischen Liederkränze ganz besonders empfohlen sein.“ (Kölnische Zeitung.)

Nachwort
Von Rolf Wilh. Brednich

Die Deutschen sind auf dem besten Weg, ihr Volkslied neu zu entdekken – und dies nicht zum ersten Mal. Herder gilt nach wie vor als der große Entdecker des Volkslieds. Ihm sind Arnim und Brentano mit den drei Bänden „Des Knaben Wunderhorn" (1805–1808) verpflichtet. Uhland, Hoffmann von Fallersleben, Ludwig Erk und Franz Magnus Böhme wären in dieser Reihe als nächste zu nennen. Schließlich kommt der deutschen Jugendbewegung zu Beginn dieses Jahrhunderts das Verdienst zu, einen bedeutsamen Beitrag zur Wiederbelebung und Pflege des deutschen Volksgesanges geleistet zu haben: der „Zupfgeigenhansl", das Liederbuch des Wandervogel-Führers H. Breuer, erschien erstmals 1908.

Nach dem 2. Weltkrieg blieb es lange Zeit etwas stiller um das Volkslied. Zu sehr hatte ihm die Inanspruchnahme und Vereinnahmung durch die staatlich gelenkte Volkstumspolitik während des Dritten Reiches geschadet. „Sei wachsam, sing nicht!" war lange Zeit eine Parole gerade der jungen Generation, die um die Gefahr der mit Hilfe des Liedes manipulierten völkischen Erziehung wußte. Soweit die Jugend überhaupt ihren Ausdruck im Lied suchte, orientierte sie sich an ausländischen Vorbildern: Nacheinander erlebten der amerikanische Folksong und die schottisch-irische Volksmusik bei uns Pflege und Nachahmung. Inzwischen ist eine Generation nachgewachsen, die dem Singen in fremder Sprache die Rückbesinnung auf die eigene Volksliedtradition entgegensetzt und damit dem deutschen Volkslied einen neuen Rang im öffentlichen Bewußtsein verliehen hat. Seit Mitte der siebziger Jahre erlebt das deutsche Volkslied einen regelrechten Boom. Was in der jungen Generation begann, setzt sich in andere Altersschichten hinein fort. Offenes Singen, Rundfunksendungen mit Volksliedern, Volksliedschallplatten usw. erfreuen sich allgemeiner Beliebtheit.

Aber im Rahmen dieser überraschenden Entwicklung ist es beileibe nicht bei einer Renaissance des altüberlieferten Volksliedschatzes früherer Jahrhunderte geblieben, sondern es hat sich vielfach erwiesen, daß das traditionelle volksmusikalische Erbe noch keineswegs tot und erstarrt ist. Allenthalben traten sog. Liedermacher auf den Plan. Sie schufen – auf der Grundlage des Überlieferten – neue Inhalte, wo und zu welchem Zweck auch immer Lieder als Kommunikationsmittel gebraucht wurden: sei es bei den Pfingstdemonstrationen gegen den

Atomtod, in der Frauenbewegung, bei Hausbesetzungen und Umweltschutzaktionen, besonders aber in den jüngsten Auseinandersetzungen um den Bau von Atomkraftwerken.
Die heutige Generation steht dem Volkslied wieder weitaus offener gegenüber als die unmittelbaren Nachkriegsjahrgänge. Bei der Aneignung und Aktualisierung des deutschen Volkslieds erscheint natürlich nicht mehr alles akzeptabel, was frühere Generationen zum unverzichtbaren Besitz zählten. Neue Maßstäbe bringen auch eine Neubewertung dieses Erbes mit sich.
Im Mittelpunkt des Interesses stehen heute die freiheitlich-demokratischen Tendenzen im deutschen Volkslied der letzten 500 Jahre. Das zweibändige Werk des Ostberliner Volkskundlers Wolfgang Steinitz mit dem Titel „Deutsche Volkslieder demokratischen Charakters aus fünf Jahrhunderten“[1] gehört neuerdings zu den von Volksliedinteressenten am meisten benutzten Liederbüchern. So kümmert man sich verstärkt um bisher vernachlässigte Gattungen, wie z. B. das Arbeiterlied, das Liedgut des deutschen Vormärz und der 1848er Revolution, das nichtkonforme Soldatenlied, die erotischen Liedtraditionen, das Lied im Widerstand gegen den Nationalsozialismus – um nur einige neuere Sammel- und Forschungsgebiete zu nennen.
Wie sich das Verständnis des Volkslieds gewandelt hat, zeigt der Vergleich mit dem Begriff des „deutschen Volkslieds“ im 19. Jahrhundert. Hilfreich ist dazu die kritische Analyse älterer Volksliedausgaben, etwa der hier vorliegenden „Schönsten Deutschen Volkslieder“ von Georg Scherer.
Scherer (1828–1909) stammte aus Dennenlohe/Franken, wirkte als Professor für deutsche Literaturwissenschaft an der Universität München und war später in Stuttgart ansässig. Bereits in jungen Jahren trat er als Autor und Herausgeber an die Öffentlichkeit. Bis heute bekannt geblieben sind seine populären Anthologien aus verschiedenen Gebieten der deutschen Volksdichtung. Zwischen 1849 und 1875 veröffentlichte er neben seiner Lehrtätigkeit eine Reihe solcher Sammlungen, wobei er den Typus des illustrierten „Volksbuches“ bevorzugte.
Autor und wechselnde Verleger gewannen bedeutende Künstlerpersönlichkeiten der Zeit für die Mitarbeit an Scherers Editionen. So erschienen Kinderverse, Studentenlieder, Volkslieder usw. mit Holzstichen (Xylographien) nach Zeichnungen von Franz Graf Pocci (1807–1876), Ludwig Richter (1803–1884), Moritz von Schwind (1804–1871) und vielen anderen. Texte und Illustrationen stehen dabei nicht unabhängig

nebeneinander, sondern sind aufeinander bezogen. Den Künstlern lagen die von Scherer ausgewählten Texte bei der Arbeit vor, so daß sie sich in ihren Zeichnungen auf die Motivik der jeweiligen Textvorlage einstellen konnten.

Auf diese Weise entstand eine Reihe von Sammlungen, bei denen die Volkspoesie und die Poesie der Künstlerzeichnung zu einer neuen Einheit zusammengeführt wurden – ganz im Sinne der Kunstpopularisierungstendenzen der Mitte des 19. Jahrhunderts: Mit Hilfe der in England neuentwickelten Technik des Holzstichs sollten breiten Schichten des Volkes Bildungsgehalte und Kulturgüter der Nation in der Verbindung von Wort und Bild zugänglich gemacht werden.

Führend auf dem Sektor des illustrierten Buches waren die Leipziger Verleger Georg Wigand und Alphons Dürr.[2] Unter den Zeitschriften und Einblattdrucken ebenso bedeutend waren die im Münchener Verlag Braun & Schneider erscheinenden „Fliegenden Blätter" und die „Münchner Bilderbogen".[3] Es ist sicher kein Zufall, daß die bei den „Münchner Bilderbogen" und den „Fliegenden Blättern" beschäftigten Künstler uns vielfach auch als Illustratoren der Schererschen Anthologien begegnen.

Die Reihe seiner illustrierten Ausgaben eröffnete Scherer im Jahre 1849 – im selben Jahr begannen die „Münchner Bilderbogen" zu erscheinen – mit einem Kinderbuch unter dem Titel „Alte und neue Kinderlieder, Fabeln, Sprüche und Räthsel".[4]

Dieses mit Illustrationen geradezu verschwenderisch ausgestattete Kinderbuch brachte es bis zum Jahre 1878 auf sechs Auflagen. Trotzdem taucht es heute auf dem Antiquariatsmarkt sehr selten auf und ist ein begehrtes bibliophiles Sammelobjekt.[5] Im Jahre 1869 ließ Scherer dem erfolgreichen Buch einen zweiten Teil folgen, der ebenfalls Kinderlieder, Fabeln, Sprüche und Rätsel mit Illustrationen enthielt.

1862 und 1874 erschien in erster und zweiter Auflage ein eigenes kleines „Rätselbüchlein". Zuvor schon hatte er das Bilderbuch „Der Osterhas" veröffentlicht, zu dem Pocci die Bilder und Scherer selbst die Reime beisteuerten (1850 bei Beck in Nördlingen).

Um das Jahr 1850 machte Scherer den Schritt vom Kinderlied zum Volkslied. Seine erste Edition auf diesem Gebiet war eine kleine Volksliedausgabe (noch ohne Illustrationen), der er den Titel gab: „Deutsche Volkslieder. Mehr als 200 der vorzüglichsten Gedichte und Lieder".[6] Scherer war beim Erscheinen dieser 412 Seiten umfassenden Ausgabe eben 22 Jahre alt, vermutlich noch Student. Es ist also kaum zu erwarten, daß seine Ausgabe schon viel Material aus eigener Sammeltätigkeit enthält. So erweisen sich die Liedtexte dieser Auswahl denn auch als ein Verschnitt aus älteren Editionen.

Dabei hat Scherer Quellen des 16. Jahrhunderts (Forsters „Frische teutsche Liedlein", das „Ambraser Liederbuch") ebenso benutzt wie die kurz vor 1850 erschienenen Ausgaben von Uhland, Müllenhoff, Fiedler u. a. Sein Quellenverzeichnis zeigt an, daß er über das Gebiet der Volksliededition zu dieser Zeit bereits hervorragend informiert war. Im Schlußwort zu seiner Textedition nennt er seine Intention: „Vorliegende Sammlung beabsichtigt, die edelsten Perlen aus dem reichen Schatz deutscher Volkspoesie einem möglichst weiten Leserkreis zugänglich zu machen."

Obwohl die Titelillustration des Büchleins – von Ludwig Richter – singende und musizierende Menschen zeigt, war die Sammlung doch nicht zum Singen, sondern zum Lesen bestimmt. Der junge Georg Scherer folgte hier der Linie, die Herder und die „Wunderhorn"-Herausgeber vorgezeichnet hatten; nicht zuletzt konnte er sich auf das Beispiel der wenige Jahre zuvor ohne Melodien erschienenen „Alten hoch- und niederdeutschen Volkslieder" von Ludwig Uhland (zwei Bde. Stuttgart 1844/45) berufen.

Bis zum Jahre 1863 brachte es diese Sammlung von 200 Volksliedern auf drei Auflagen. Die dritte Auflage enthält im Schlußwort einen wichtigen Hinweis darauf, daß Scherer inzwischen in den Besitz einer eigenen Volksliedsammlung gelangt war und die Absicht hatte, eine weitere, größere Ausgabe vorzubereiten. Scherers Aussage zufolge belief sich seine Sammlung auf 300 Nummern; sie bestand aus Handschriften, „fliegenden Blättern", älteren Drucken und Aufzeichnungen aus dem Munde des Volkes in Süddeutschland.

Zumindest von den erwähnten „fliegenden Blättern" wissen wir etwas mehr. Es handelte sich um einen Sammelband mit populären Lieddrukken im Oktav-Format, der noch erhalten ist. Aus dem Nachlaß Scherers gelangte er in die Bibliothek vonC. Piloty. Auf einer Auktion am 29. 5. 1918 ersteigerte ihn – gegen die Königliche Bibliothek in Berlin – K. Wolfskehl für 98 Mark. Das deutsche Volksliedarchiv in Freiburg erwarb den Band dann 1977 auf dem Berliner Antiquariatsmarkt zu einem wesentlich höheren Preis.[7]

Der Sammelband besteht aus 54 Einzeldrucken des 19. Jahrhunderts, vorwiegend aus der Offizin von Justus Jakob Fleischhauer in Reutlingen. Da jeder Druck durchschnittlich drei Lieder enthält, besaß Scherer in diesem Band einen Schatz von über 150 Liedern. Allerdings waren dies zum geringsten Teil Volkslieder im Schererschen Sinne, sondern meistens jüngere Modelieder, Kunstlieder, „Schlager“ der Zeit oder wie immer man dieses Liedgut nennen mag. Darum hat Scherer in seinen Volksliedveröffentlichungen auch nur sparsam von diesen Flugblattliedern Gebrauch gemacht.

Sechs Jahre nach der Textanthologie gab Scherer ein Liederbuch heraus, das neben den Texten nun auch die Melodien enthielt. Die „Deutschen Studenten-Lieder mit Bildern und Singweisen. Illustriert von Franz Pocci und Ludwig Richter“ kamen 1856 bei G. Mayer in Leipzig heraus. Die Auswahl von 129 bekannten Studentenliedern war im Grunde eine Neuauflage der beiden ursprünglich getrennt erschienenen Sammlungen von Richter (Leipzig 1844)[8] und Pocci (Landshut 1845). Die Lieder mitsamt den zugehörigen Illustrationen wurden übernommen; gleich blieb vor allem auch die Kombination von Melodie, Text und Holzschnittillustration. So vertritt das Buch erneut jenen Typus des kleinen „Gesamtkunstwerkes“. Dabei verleihen dem Lied die thematisch bezogenen Illustrationen eine Art künstlerischer Aura.

Vor allem die Illustrationen tragen dazu bei, das Studententum der damaligen Zeit romantisch-idealistisch zu verklären. Der Student des Schererschen Studentenliederbuches ist der „brave Bursch“, der mit der Waffe in der Hand für das Vaterland eintritt, treu zu Alma mater und trinkfest zu seinem eigenen Bund steht und als fahrender Scholar ruhelos von Ort zu Ort und von Mädchen zu Mädchen wandert.

Eine Neuauflage von Liedsammlungen, die, wie die zugehörigen Illustrationen, noch aus dem Biedermeier stammten, war 1856 – unter der Reaktion – jedenfalls unanstößig: denn Politik findet in diesem Liederbuch nicht statt, sie ist mit den Befreiungskriegen zu Ende. Kein Wort von den Ereignissen des deutschen Vormärz und der Revolution von 1848/49; ebenso sind dem Herausgeber die Namen von Herwegh, Freiligrath, Hoffmann von Fallersleben usw. tabu. So dürfen wir annehmen, daß dieses Liederbuch weniger für die Hand des Stundenten selbst bestimmt war (sie sangen aus ihren Kommersbüchern), sondern für das Bürgertum, das hier seine Vorstellungen vom konservativen Studenten bestätigt fand.

Das Repertoire dieses Studentenliederbuches geht in geradezu vollkommener Weise mit den vorherrschenden politischen Tendenzen im nachrevolutionären Deutschland konform. Es ist ein außen- und fremdbestimmtes Repertoire; mochte der Herausgeber hoffen und wünschen,

daß Studenten es sängen – mit der Realität des studentischen Singens nach 1850 hat es sicher sehr wenig zu tun. Übrigens ist das Buch durch einen Nachdruck seit kurzem wieder auf dem Buchmarkt erhältlich.[9]
Die wichtigsten Volksliedausgabe von Georg Scherer erschien 1863 im Selbstverlag in Stuttgart. Sie trug den Titel „Die schönsten Deutschen Volkslieder mit ihren eigenthümlichen Singweisen".[10] Die Sammlung enthielt auf 126 Seiten 64 Lieder in vierstimmiger Bearbeitung und zu jedem Lied eine Titelillustration. Um der Ausgabe auch einen wissenschaftlichen Anstrich zu verleihen, gab Scherer im Anhang zu jedem Lied einen kurzen Quellennachweis und Kommentar; außerdem versah er die Edition mit einer „Vorrede" (S. V–IX).
Was der Herausgeber von der Entstehung der Volkslieder zu sagen weiß, bleibt ganz in den Bahnen der romantischen Produktionstheorie: „Die Masse [des Volkes] wurzelt in der alten, einfach Sitte und lebt ein vergleichungsweise unbewußtes Leben. Und eben dieses Traumleben, dieses dämmerige Waldesdunkel des Volksgemüths ist die wahre Geburtsstätte des Volksliedes. In diesem Boden erwächst jene naive Kunst, deren Grundzug die Schönheit der Unschuld ist, die ‚nicht sich selbst und ihren heil'gen Werth erkennt'. . . Das Volk ist eigentlich der Dichter" (S. V). Das sind Vorstellungen, wie sie auch im Vorwort zur vorliegenden Ausgabe wiederkehren. Teilweise waren sie eigentlich zur Zeit des Erscheinens von Scherers Ausgaben schon überwunden. Zwar beruft Scherer sich vielfach auf Uhland und dessen Volksliedausgabe; doch Uhlands Theorie von der individuellen Autorschaft am Lied eignet er sich nicht an.
Trotzdem scheint Scherers Volksliedkonzeption seinerzeit akzeptiert worden zu sein. Jedenfalls hatte die Ausgabe mit Bildern und Melodien von 1863 offensichtlich großen Erfolg, so daß Scherer darangehen konnte, diese Edition weiter zu „vermarkten".
Noch im gleichen Jahr erschienen zwei wohlfeile Ausgaben – ohne Illustrationen – zum Gebrauch in der Schule, ein- und zweistimmig bzw. zwei- und dreistimmig gesetzt (München 1863). Später ging er mit den neugewonnenen, strengeren Maßstäben an eine Revision seiner frühesten Volksliederausgabe, ohne Melodien und Illustrationen. Das Buch hieß nun „Jungbrunnen. Die schönsten deutschen Volkslieder" (Berlin 1875).
Nach dem gewonnenen Krieg von 1870/71 und der Reichsgründung erreichte die nationale Begeisterung in Deutschland einen nie geahnten Höhepunkt. Hier wollte der Literaturwissenschaftler Georg Scherer

nicht zurückstehen und leistete – gemeinsam mit Franz Lipperheide – seinen Beitrag zur Huldigung an das neue Kaiserreich. Dazu wählte er das Lied von der Wacht am Rhein („Es braust ein Ruf wie Donnerhall"), stellte seine Entstehungsgeschichte dar und übersetzte es in nahezu alle europäischen Sprachen. Der schmale Band erschien mit der untertänigsten Widmung: „Ihrer Majestät der deutschen Kaiserin und Königin von Preußen in tiefster Ehrfurcht."[11]
1875 bringt Scherer „Die schönsten Deutschen Volkslieder" – dem üppigen Geschmack der Gründerjahre entsprechend – als „illustrirte Pracht-Ausgabe" heraus – die Druckvorlage dieses Taschenbuches. Textlich ist die Ausgabe von 1875 identisch mit der – um 23 Nummern vermehrten – zweiten Auflage von 1868 (Leipzig: Alphons Dürr). Die von dem Komponisten K. M. Kunz bearbeiteten Melodien sind weggefallen, dafür sind die Liedtexte in einer größeren Type aufwendiger gedruckt. Die Zahl der Illustrationen ist gegenüber der Auflage von 1868 noch einmal gewachsen; zu der langen Reihe von Künstlern ist Paul Thumann hinzugekommen.
Das neue Gewand täuscht nicht darüber hinweg, daß – in anderer Verpackung – dasselbe Textmaterial dargeboten wird, das Scherer für seine Ausgabe mit Melodien von 1863 erstmals zusammengestellt und seither auch in den übrigen Anthologien an den Mann gebracht hatte. Das Vorwort ist gegenüber 1863 um jene Passagen gekürzt, die sich auf die Melodien der Lieder beziehen. Die vorliegende Ausgabe erschien ja ohne Melodien und war wieder mehr als Lesebuch konzipiert.
Der Anlaß für das Erscheinen des Pracht-Werkes geht aus dem Vorwort (S. XV) klar hervor: Deutschland ist nach dem gewonnenen Krieg gegen Frankreich und der Reichsgründung zu „Einheit, Macht und Größe" erstanden; den Bewohnern dieses Reiches soll mit dem Volkslied ein Teil seines nationalen Erbes erschlossen und zugänglich gemacht werden. Volkslied wird also hier einem politischen Programm untergeordnet: Es soll als eine Art „Jungbrunnen" das „ureigenste Wesen" des deutschen Volkes widerspiegeln. Das Volkslied ist für Scherer der reinste Ausdruck jenes „Volksgeistes", der seiner Auffassung nach diese Lieder hervorgebracht hat. Scherer bescheinigt dem Volkslied hohes Alter, tiefe Empfindung (die auf äußere Form wenig Wert legt), Echtheit, absichtslose Naturwahrheit und – trotz mancher Derbheit im Ausdruck – Frische, Gesundheit, Keuschheit und Sittlichkeit. Das echte Volkslied kann nach Scherer „eben so wenig wie jede andere Poesie ohne Idealität bestehen" (S. XII).

Alle diese Begriffe, die Scherer hier mit dem Volkslied in Zusammenhang bringt, gehören in die letzten Endes auf Herder zurückgehende Tradition der Idealisierung des Volksgesanges. In dieser Anschauungsweise wird das Lied nicht mehr in seinen ursprünglichen Funktionen bei singenden Menschen und Trägergruppen gesehen; vielmehr wird es – von den Gebrauchszusammenhängen gelöst – in das Bewußtsein der Gebildeten gehoben und als idealtypisches wahres, schönes, edles und gutes Gebilde beschrieben, gesucht und gefunden. „Fortan war dieser ideale Begriff nicht mehr aus dem Bewußtsein der Maßgebenden wegzudenken. Einmal beobachtet und beschrieben, wirkte[n] Beobachtung und Beschreibung auf das Beobachtete und Beschriebene zurück. Es war nicht mehr dasselbe wie vorher. Beobachtung und Beschreibung hatten es verändert." „Die nach Herder einsetzende romantische Volksliedsammlung und Volksliedforschung präsentierte ihre Ergebnisse bis zur Mitte des [19.] Jahrhunderts ausschließlich im Sinne seiner Ideal-Konzeption" (Ernst Klusen).[12]

Scherers „Schönste Deutsche Volkslieder" bezeugen – angefangen vom Titel des Buches –, wie die idealisierende Anschauung vom Volkslied als dem Ausdruck des Guten, Wahren und Schönen bis in die zweite Hälfte des 19. Jahrhunderts fortwirkt. Und die Auswirkungen dieser Konzeption auf die vorliegende Auswahl sind nur zu offenkundig. Alles, was nicht dem einleitend postulierten Schönheitsideal entsprach, ließ Scherer fort. Außerdem nahm er sich, ähnlich wie die Herausgeber des „Wunderhorns" oder wie Uhland, selbstverständlich die Freiheit, in die Liedtexte einzugreifen und das zurechtzubiegen und zu ändern, was nicht mit den ästhetischen Idealvorstellungen in Einklang stand. Wenn es darum ging, die „Waldfrische" und die „Schönheit der Unschuld" des Volkslieds, der „holdseliglen Blüte des deutschen Geistes" (S. XIV), zu bewahren und neuzubeleben, mußte jedes philologische Mittel recht sein.

Scherer bekennt in seiner Vorrede selbst, daß er versucht hat, aus einer Fülle von Lesarten die beste herzustellen. So meinte er die Lieder auf ihren „echtesten Bestand" zurückzuführen. Die 87 Texte der Sammlung entsprachen nicht wirklich im Volke gesungenen Liedern; vom Lied der „einfachen Leute" zum nationalen Erbe hochstilisiert, sollten sie bewußt machen und wahren, was für „aus dem Nationalgemüth herausgesunden" und daher verehrungswürdig galt.

Auch die Auswahl der Lieder war durch diese Auffassung Scherers vom Volkslied weitgehend determiniert. Da war kein Platz für irgendwelche Experimente oder Eigenmächtigkeiten des Herausgebers. Seine Blütenlese enthält definitiv kein einziges Lied, das wir nicht auch aus anderen Sammlungen der Zeit kennen. Scherer hat dies selbst dokumentiert. Jedem Lied gab er eine Anmerkung bei und wies darin auf die Parallelen zu früheren Sammlungen hin. Diese Anmerkungen belegen vielfach, daß sich der Herausgeber völlig in den gewohnten Bahnen der Volksliedbearbeitung bewegt. Seine Intentionen decken sich mit denen der Herausgeber des „Wunderhorns"; daher steht in den Kommentaren das „Wunderhorn" als das große Vorbild stets an vorderster Stelle.

Noch der Aufbau der Schererschen Dokumentation offenbart, wie wenig der Herausgeber einer Volksliedsammlung im 19. Jahrhundert aus den gewohnten Geleisen auszubrechen vermochte. Zwar nimmt er im Vorwort für sich in Anspruch, die mitgeteilten Lieder seit einer Reihe von Jahren aus dem Munde des Volkes in den verschiedensten Gegenden teils selbst, teils durch Freunde aufgezeichnet zu haben (S. XII). Bei näherem Zusehen erweist sich diese Aussage aber bei den meisten Liedern als nicht haltbar.

Nehmen wir die Lieder des ersten Buches, die „Balladen", als Beispiel. Unter den zwanzig mitgeteilten Liedern kommt faktisch kein einziges Stück in Frage, das auf Scherers eigene Sammeltätigkeit zurückgehen könnte. Die Verbreitungshinweise zu den einzelnen Balladen sind meist aus dem „Wunderhorn" übernommen; daneben druckt er Goethes Beurteilungen der „Wunderhorn"-Balladen ab. Schließlich nennt er jeweils eine Reihe literarischer Quellen, aus denen er seine Idealfassung gewonnen hat. Daß er diese Balladen selbst aus Volksmund gesammelt haben könnte, ist schon deshalb höchst unwahrscheinlich, weil viele der abgedruckten Lieder im 19. Jahrhundert längst verklungen waren und in alten Drucken und Handschriften ein nur noch literarisches Dasein führten. Dies trifft z. B. auf die Tannhäuser-Ballade zu, die er aus einem „Fliegenden Blatt von 1647" gewann und mit mehreren anderen Lesarten der gleichen Zeit verglich. Die mythologisierenden Bemerkungen über die Göttin Hulda sind zeittypisch für die Rezeption der Grimmschen Germanenmythologie und heute ohne Wert (vgl. Scherers „Anmerkungen": zum Lied S. 26).

Gemäß der traditionellen Einteilung vieler Volksliedsammlungen des 19. Jahrhunderts läßt Scherer im zweiten Buch die „Liebeslieder" folgen. Hier scheinen sich tatsächlich einige eigene Aufzeichnungen Scherers zu finden, wie man den Quellenangaben etwa zu den Liedern auf S. 83 und 89 entnehmen kann. Er selbst oder seine Mitarbeiter haben

sich aber offensichtlich auch im Weiterdichten bekannter Lieder versucht. So fanden nichttraditionelle Zusatzstrophen Aufnahmen, die mit dem Lied ursprünglich nichts zu tun haben. Bei „Kein Feuer, keine Kohle kann brennen so heiß“ (S. 75 f) beispielsweise sind die Strophen drei, vier und sechs unecht. Scherer hat sie trotzdem aufgenommen, aber durch die beigegebenen eckigen Klammern darauf hingewiesen, daß diese Strophen nicht zum überlieferten Bestand gehörten.
Scherers Vorwort nennt mit dem historischen und dem geistlichen Volkslied zwei weitere Überlieferungsbereiche des Liedes. Offenbar wollte er diesen beiden Gattungen das dritte Buch seiner Anthologie widmen. Zu Anfang stehen allerdings eine Reihe von Jäger- und Soldatenliedern (S. 163 ff). Zu den „historischen Volksliedern“[13] können wir nur „Prinz Eugen vor Belgrad“ (S. 192) zählen. Aktuelle Lieder, die auf das Zeitgeschehen Bezug nehmen oder es gar beeinflussen wollen, hatten in einer solchen Ausgabe keinen Platz; die Definition des Volkslieds schloß sie von vornherein aus. Einige Handwerkerlieder u. ä. (S. 195 ff) leiten dann zu den geistlichen Volksliedern über, von denen Scherer insgesamt fünf in die Sammlung aufnahm (S. 211 ff).Diese Zahl scheint angemessen angesichts der Tatsache, daß das geistliche Volkslied im 19. Jahrhundert noch sehr mangelhaft dokumentiert war.
Scherers Ausgabe ist insgesamt ein typisches Produkt ihrer Zeit, und wer die Ausgabe aus dieser Zeit heraus zu verstehen weiß und von daher beurteilen kann, dem wird sie auch heute noch von Nutzen sein. Zur Textgestalt des „deutschen Volkslieds“ tritt die, wie bei Ludwig Richter, bewußt deutsche Volks-Kunst der spätromantischen Maler und Zeichner. In dieser illustrierten Volksliedausgabe hat die von den Romantikern als absolut gesetzte fiktive Realität des Volksliedes Denkmalsgestalt angenommen. Volkslied erscheint zum monumentalen kulturellen Nationalbesitz emporgehoben. Erst nach der Jahrhundertwende, mit John Meiers „Kunstlieder im Volksmunde“[14], begann eine neue Ära der Volksliedforschung, getragen von einem neuen Verständnis des Volksliedes.

Anmerkungen

1 Wolfgang Steinitz: *Deutsche Volkslieder demokratischen Charakters aus sechs Jahrhunderten.* 2 Bde. Berlin 1954–62 (Veröffentlichungen des Instituts für deutsche Volkskunde. 4, I–II).
2 Georg Scherer unterhielt einige Jahre lang in Stuttgart einen eigenen Verlag, der 1866 von Alphons Dürr übernommen wurde. Vgl. das im Anhang wiedergegebene Dokument aus einer Festschrift der Buchhandlung Alphons Dürr (Leipzig 1903).
3 Ulricke Eichler: *Münchener Bilderbogen.* München 1974 (Oberbayerisches Archiv. 99), S. 25 ff.
4 *Alte und neue Kinderlieder, Fabeln, Sprüche und Räthsel.* Mit Bildern nach Originalzeichnungen von C. v. Heideck, W. v. Kaulbach, A. Kreling, E. Neureuther, Fr. Graf v. Pocci, L. Richter, C. H. Schmolze, M. v. Schwind, C. Stauber und A. Strähuber. Herausgegeben von Georg Scherer. Leipzig, Verlag von Gustav Mayer. 1849. – X und 152 S.
5 Ein Nachdruck der Erstausgabe erscheint demnächst als Bd. 65 der Reihe „Die bibliophilen Taschenbücher".
6 Leipzig: Verlag von Gustav Mayer; Hamburg: Verlag L. Magnus & Co. 1850.
7 Deutsches Volksliedarchiv Freiburg, Sig. V1 1148.
8 *Alte und neue Studenten-Lieder. Mit Bildern und Singweisen.* Herausgegeben von L. Richter und A. E. Marschner. Verlag von Mayer und Wigand in Leipzig o. J. (1844). – Ein Nachdruck liegt als Bd. 13 der Reihe „Die bibliophilen Taschenbücher" vor.
9 Georg Scherer (Hrsg.): *Deutsche Studentenlieder mit Bildern und Singweisen.* Illustriert von Franz Pocci und Ludwig Richter. Mit einem Vorwort von Rolf Wilh. Brednich. Zürich: Edition Olms 1978.
10 *Die schönsten Deutschen Volkslieder mit ihren eigenthümlichen Singweisen.* Gesammelt und herausgegeben von Georg Scherer. Mit einer Radierung nach Moriz von Schwind und 54 Holzschnitten nach Original-Zeichnungen von Jacob Grünenwald, Andreas Müller, Carl Piloty, Arthur von Ramberg, Ludwig Richter, Moriz von Schwind und Alexander Strähuber. Die vierstimmige Bearbeitung der Melodien (für Sopran, Alt, Tenor und Baß, zugleich für Klavier) von K. M. Kunz. Stuttgart. Verlag Georg Scherer. 1863. – Quart-Format. – Ein Nachdruck dieser Ausgabe erschien 1977 im Verlag Ralph Suchier in Wiesbaden.

Bereits neun Jahre zuvor hatte Scherer mit einer Publikation in Lieferungen bei Eduard Hallberger in Stuttgart begonnen: „*Deutsche Volkslieder mit ihren eigenthümlichen Singweisen.* Gesammelt und herausgegeben von Georg Scherer. Mit Holzschnitten nach Zeichnungen von Ludwig Richter und Radirungen nach Ferd. Rothbart. Die vierstimmige Bearbeitung der Melodien. . . von K. M. Kunz." Ein erstes und zweites Heft zu je 20 S. in Quart-Format erschienen 1854 bzw. 1855. Ein drittes Heft lag jedenfalls bei Hallberger (unveröffentlicht?) vor. Die drei Hefte bilden die ersten neun der 16 Druckbogen des Buches von 1863. (Angaben nach Hoff-Budde: *A. L. Richter. Verzeichnis seines gesamten graphischen Werkes.* Freiburg i. Br. 1922). – Da uns die Hefte nicht zugänglich waren, bleibt offen, ob Scherer die Texte der darin enthaltenen Lieder für die Ausgabe von 1863 noch einmal überarbeitet hat.

11 *Die Wacht am Rhein, das deutsche Volks- und Soldatenlied des Jahres 1870.* Mit Portraits, Facsimiles, Musikbeilagen, Übersetzungen etc. Herausgegeben von Georg Scherer und Franz Lipperheide. Berlin: Verlag Lipperheide 1871. – VIII und 61 S.

12 Ernst Klusen: *Volkslied. Fund und Erfindung.* Köln 1969, S. 138 f. und 140.

13 Zur Problematik des Begriffs vgl. Rolf Wilh. Brednich: *Die Liedpublizistik im Flugblatt des 15. bis 17. Jahrhunderts.* Bd. 1. Baden-Baden 1974 (Bibliotheca Bibliographica Aureliana. 55), S. 133 ff.

14 John Meier: *Kunstlieder im Volksmunde.* Materialien und Untersuchungen. Halle a. d. S. 1906. Nachdruck mit einem Nachwort von Rolf Wilh. Brednich. Hildesheim und New York: Georg Olms Verlag 1976.

Der folgende Auszug ist der Festschrift entnommen, die von der Buchhandlung Alphons Dürr in Leipzig anläßlich des 50jährigen Geschäftsjubiläums im Jahre 1903 herausgegeben wurde. Dieser Text dokumentiert die Übernahme des Schererschen Eigenverlages durch Alphons Dürr sowie die Illustrationsgeschichte der *schönsten Deutschen Volkslieder:*

Der erste Anlaß, mit Richter in Verbindung zu treten, ergab sich 1866 durch den Ankauf des Verlages von Georg Scherer in Stuttgart. Neben den eigenen *Gedichten* Georg Scherers gelangte hierbei dessen bekannte Sammlung der *schönsten Deutschen Volkslieder* in Alphons Dürrs Hände. Diese vom Herausgeber in langjähriger Arbeit liebevoll zusammengestellte Auswahl aus dem reichen poetischen Hausschatz unseres Volkes kam durch die sorgfältige Textbehandlung ebenso wissenschaftlichen Ansprüchen entgegen, als sie mit ihrer Beigabe zahlreicher Bilder und der eigentümlichen Singweisen allen denen willkommen war, welche mit Goethe den unversiegbaren Quell echtester Poesie zu schätzen wissen, der dem deutschen Volksliede innewohnt. In dieser reichen Sammlung, auf deren Wert der Ästhetiker Friedrich Vischer nachdrücklich hingewiesen hatte, befanden sich schon mehrere Holzschnitte von Richter. Als von dem Werke eine zweite Auflage nötig wurde, die als eine reich vermehrte 1868 erschien, war Alphons Dürr so glücklich, sie auch mit fünf neuen Bildern von Richter schmücken zu können, der hier auf seinem eigensten Schaffensgebiet tätig sein konnte. Hatte doch Riehl mit Recht von Richters Zeichnungen geurteilt, daß aus ihnen ein Ton entgegenklinge, wie eines Volksliedes. Auch der 1875 erschienenen „Prachtausgabe" der Scherer'schen *Volkslieder* konnten zwei fernere Richter'sche Holzschnitte beigegeben werden.

Herzensangelegenheiten.
Liebe aus der Gartenlaube
Aus dem 19. Jahrhundert
Die bibliophilen Taschenbücher Nr. 26
Mit einem Nachwort von Marianne Bernhard
102 Abb., 156 S.,
6,80 DM

August Johann Rösel von Rosenhof
Insecten-Belustigung
Nach der Ausgabe von 1746–61
Die bibliophilen Taschenbücher Nr. 27
Mit einem Nachwort von Wolfgang Dierl
175 Farbtafeln, 187 Seiten
19,80 DM

Wilhelm Hey
Funfzig Fabeln für Kinder
Nach der Ausgabe von 1833
Die bibliophilen Taschenbücher Nr. 28
50 Tafeln von Otto Speckter
Mit einem Nachwort von Walter Scherf
166 Seiten,
9,80 DM

Karl Bädeker
Rheinreise von Basel bis Düsseldorf
Nach der Ausgabe von 1849
Die bibliophilen Taschenbücher Nr. 29
Mit einem Nachwort von Peter Baumgarten
498 S., zahlreiche Ansichten,
Pläne und Karten,
14,80 DM

Johann Amos Comenius
Orbis sensualium pictus
Nach der Ausgabe von 1658
Die bibliophilen Taschenbücher Nr. 30
Mit einem Nachwort von Heiner Höfener
405 Seiten, zahlr. Abb.,
14,80 DM

Robert Reinick
ABC-Buch für kleine und große Kinder
Nach der Ausgabe von 1876
Die bibliophilen Taschenbücher Nr. 31
Mit einem Nachwort von Ulrike Bessler
27 Tafeln, 178 Seiten,
6,80 DM

J. W. Ludlow
Das Buch der Tauben
Nach der Ausgabe um 1870
Die bibliophilen Taschenbücher Nr. 32
Mit einem Nachwort von Joachim Schütte
50 Farbtafeln, 118 Seiten
9,80 DM

Kaiser-Wilhelm-Album
Die bibliophilen Taschenbücher Nr. 34
ca. 100 Abb., 180 Seiten
12,80 DM

Das Nibelungenlied
Übersetzt von Gotthard Oswald Marbach
Nach der Ausgabe von 1841
Die bibliophilen Taschenbücher Nr. 35
416 Seiten, 44 Holzschnitte
14,80 DM

Der Markusplatz zu Venedig
Nach der Ausgabe von 1831
Die bibliophilen Taschenbücher Nr. 36
Mit einer Einführung von Harald Keller
17 Farbtafeln, 61 Seiten
9,80 DM

12 000 Deutsche Sprichwörter
Nach der Ausgabe von 1846
Die bibliophilen Taschenbücher Nr. 37
Mit einem Nachwort von Hermann Bausinger
592 Seiten,
16,80 DM

Oliver Goldsmith
Der Landprediger von Wakefield
Übersetzt von Ernst Susemihl
Nach der Ausgabe von 1841
Die bibliophilen Taschenbücher Nr. 38
Mit einem Nachwort von Heiner Höfener
58 Holzschnitte von Ludwig Richter
288 Seiten,
7,80 DM

Ludwig Richter
Beschauliches und Erbauliches
Nach der Ausgabe von 1855
Die bibliophilen Taschenbücher Nr. 39
Mit einem Nachwort von Reinhard Bentmann
35 Holzschnitte, 68 Seiten
6,80 DM

F. J. Kiefer
Die Sagen des Rheinlandes
Nach der Ausgabe von 1845
Die bibliophilen Taschenbücher Nr. 40
344 Seiten, 20 Stahlstiche
12,80 DM

Julius Schnorr von Carolsfeld
Die Bibel in Bildern
Nach der Ausgabe von 1852–60
Die bibliophilen Taschenbücher Nr. 41
320 Seiten
12,80 DM

Ludwig Richter/A. E. Marschner
Alte und neue Studentenlieder
Nach der Ausgabe von 1844
Die bibliophilen Taschenbücher Nr. 13
66 Holzschnitte von Ludwig Richter
80 Seiten,
6,80 DM

Johann Elias Ridinger
Vorstellung und Beschreibung derer Schul und Campagne Pferden nach ihren Lectionen
Nach der Ausgabe von 1760
Die bibliophilen Taschenbücher Nr. 14
46 Tafeln, 118 Seiten,
9,80 DM

Hancarville
Bilder aus dem Privatleben der römischen Cäsaren
Nach der Ausgabe von 1906
Die bibliophilen Taschenbücher Nr. 15
Mit einem Nachwort von Henri Herbedé
51 Tafeln, 258 Seiten,
9,80 DM

Hans Dichand (Hrsg.)
Jugendstilpostkarten
Die bibliophilen Taschenbücher Nr. 16
Mit einem Nachwort von Hans Dichand und Künstlerbiographien von Michael Martischnig
69 Farbtafeln
164 Seiten,
16,80 DM

Lügen-Chronik oder Wunderbare Reisen zu Wasser und zu Lande und lustige Abenteuer des Freiherrn von Münchhausen
Nach der Ausgabe von 1839
Die bibliophilen Taschenbücher Nr. 17
504 Seiten, 117 Holzschnitte
14,80 DM

Johann Bernhard Fischer von Erlach
Entwurf einer historischen Architektur
Nach der Ausgabe von 1721
Die bibliophilen Taschenbücher Nr. 18
Mit einem Nachwort von Harald Keller
89 Kupfertafeln
289 Seiten,
16,80 DM

Grandville
Die Seele der Blumen – Les Fleurs Animées
Nach der Ausgabe von 1847
Die bibliophilen Taschenbücher Nr. 19
Mit einem Nachwort von Marianne Bernhard
51 Farbtafeln, 116 Seiten,
14,80 DM

Johann Wolfgang von Goethe
Die Leiden des jungen Werthers/
Friedrich Nicolai
Die Freuden des jungen Werthers
Nach den Ausgaben von 1774 und 1775
Die bibliophilen Taschenbücher Nr. 20
Mit einem Nachwort von Heiner Höfener
307 Seiten,
12,80 DM

Anmuth und Schönheit
Nach der Ausgabe von 1797
Die bibliophilen Taschenbücher Nr. 21
317 Seiten, 5 Abb.,
9,80 DM

Alte Bilderrätsel
Aus dem 19. Jahrhundert
Die bibliophilen Taschenbücher Nr. 22
Mit einem Nachwort von Ulrike Bessler
69 Tafeln, 151 Seiten,
6,80 DM

Hancarville
Denkmäler des Geheimkults der römischen Damen
Nach einem Privatdruck um 1910
Die bibliophilen Taschenbücher Nr. 23
49 Tafeln, 144 Seiten,
9,80 DM

Karl Friedrich Flögel
Geschichte des Grotesk-Komischen
Nach der Ausgabe von 1862
Die bibliophilen Taschenbücher Nr. 24
548 S., zahlreiche Farb- und Schwarzweiß-Abb. sowie alle Klapp- und Verwandlungseffekte
16,80 DM

Deutsches Balladenbuch
Nach der Ausgabe von 1861
Die bibliophilen Taschenbücher Nr. 25
122 Holzschnitte von L. Richter u. a.
360 Seiten,
12,80 DM